GHASSAN KANAFANI
Tout ce qui vous est resté

traduit de l'arabe par
Mohamed Radi

Remerciements

Je tiens à exprimer ma profonde reconnaissance à Sarah Grenouilleau-Abuoudeh pour toutes les bonnes idées et les corrections qu'elle m'a données. Je remercie également Mohammad Abuoudeh pour son soutien constant et ses encouragements.

Clarification

Comme on le verra dès le départ, les cinq personnages de ce roman, Hamed, Maryam, Zakaria, l'Horloge et le Désert, n'évoluent pas selon des lignes parallèles ou opposées. Dans ce roman, nous trouvons à la place une série de lignes entrecroisées qui se rejoignent parfois de telle manière qu'elles semblent ne former que deux brins et pas plus. Ce processus de fusion implique également les indicateurs de temps et de lieu, de sorte qu'il ne semble pas y avoir de distinction claire entre des lieux et des temps éloignés les uns des autres ou quelques fois entre des lieux et des temps en même temps.

La difficulté implicite à se frayer un chemin dans un monde qui se confond de cette façon est une vraie difficulté. Cependant, elle est nécessaire si le roman veut raconter son histoire, comme je l'ai pleinement voulu, d'un seul tenant. Pour cette raison, j'ai adopté une suggestion selon laquelle les points d'intersection, de mélange et de transition - qui se produisent généralement subitement- devraient être clairement désignés. Cela a été fait en changeant la police de caractères au point en question.

Force est d'admettre que ces changements de typographie entravent un élément clé du processus de transition, qui devait se dérouler inconsciemment et sans aucune indication. Il donne, en fait, l'impression d'assigner un ordre délibéré à un monde qui n'en a pas. Cependant, des expériences antérieures avec cette approche ont clairement montré que des compromis de ce type sont inévitables.

Ghassan Kanafani

(traduit par Mohamed Radi de l'édition arabe de *Mā tabaqqá lakum*)

Tout ce qui vous est resté

Maintenant, il pouvait regarder directement le disque du soleil suspendu au bord de l'horizon, fondant comme une boule de feu violette avant de plonger dans la mer. En un éclair, il coula et les derniers rayons rougeoyants qui éclairaient le chemin de sa descente s'éloignèrent contre un mur gris qui s'éleva d'abord en miroitant, puis qui se transforma en une couche uniforme de peinture blanche.

Soudain, le désert était là.

Pour la première fois de sa vie, il le vit comme une créature vivante, s'étendant à perte de vue, mystérieuse, terrible et familière à la fois. La lumière, se retirant lentement au fur et à mesure que le ciel noir descendait, fluctuait dessus et le transformait.

Il était vaste et inaccessible, et pourtant les sentiments qu'il suscitait en lui étaient plus forts que l'amour ou la haine. Le désert n'était pas entièrement muet ; cela lui sembla être un corps énorme, respirant de manière audible. Alors qu'il plongeait en lui, il se sentit soudain pris de vertige. Le ciel se referma sur lui sans bruit et la ville qu'il avait laissée derrière lui se réduisit à un point noir à l'horizon.

Devant lui, à perte de vue, le corps du désert respirait, vivant. Il sentit son propre corps monter et descendre sur sa poitrine. Dans les profondeurs du mur noir qui se dressait devant lui, des sphères commencèrent à s'ouvrir les uns après les autres, révélant le scintillement dur et brillant des étoiles.

Ce n'est qu'alors qu'il s'est rendu compte qu'il ne reviendrait pas. Loin derrière lui, Gaza avec sa nuit ordinaire avait disparu. Son école a été la première à disparaître, puis sa maison. La plage argentée était engloutie dans l'obscurité. Pendant un bref instant, les lampadaires, faibles et fatigués, sont restés allumés et suspendus au loin ; puis eux aussi s'éteignirent l'un après l'autre. Il continua son chemin, entendant le bruissement étouffé de ses pieds lorsqu'ils touchèrent le sable et, ce faisant, il se rappela les sentiments qui l'avaient habité chaque fois qu'il se jetait dans les vagues : forts, immenses, tout à fait solides, et pourtant en même temps possédé d'une impuissance totale et fracassante.

Alors qu'il plongeait dans la nuit, c'était comme s'il était attaché à sa maison de Gaza par une pelote de fils. Pendant seize ans, ils l'avaient enveloppé de ces mèches resserrées de laine et maintenant il déroulait la balle, se laissant rouler dans la nuit. « Répéte après moi : Je te donne ma sœur Maryam en mariage - je te donne ma sœur Maryam en mariage - pour une valeur de dot - pour une valeur de dot - dix guinées... dix guinées... toutes différées... toutes différées ». Les yeux s'étaient enfoncés dans son dos alors qu'il s'était assis devant le *Cheikh*. Tout le monde savait très bien qu'il ne lui avait pas donné sa main, mais qu'elle était enceinte et que le porc qui allait être son beau-frère était assis à côté de lui, riant de l'intérieur.

Tout est différé, bien sûr, l'avance est un enfant qui se débat dans son ventre. À l'extérieur de la chambre, il la saisit par les bras :

— J'ai décidé de quitter Gaza.

Elle souriait et sa bouche avec son rouge à lèvres mal appliqué ressemblait à une plaie sanglante qui s'était brusquement ouverte sous son nez :

— Où iras-tu ?

La bouche toujours ouverte, comme si elle voulait lui dire qu'il ne pouvait pas faire ça.

— J'irai en Jordanie par le désert.

— Tu me fuis ? dit-elle.

Il secoua la tête :

— Tu étais tout pour moi, mais maintenant tu es déshonorée, souillée et je suis un homme trompé... Si seulement ta mère était là.

Demain, il savait qu'elle dirait au bâtard qu'elle va mettre au monde :

— Si seulement ta grand-mère était là.

Et il grandirait à son tour, se marierait, aurait des enfants et dirait à son fils :

— Si seulement ton arrière-grand-mère était là.

Si seulement... si seulement... depuis seize ans il lui disait ça :

— Si seulement ta mère était là ! Quelque chose qu'il répétait chaque fois qu'ils se disputaient, quand ils riaient, quand elle souffrait, quand elle ne savait pas cuisiner, quand ils le viraient de son travail, quand il avait du travail, toujours la même phrase revenait :

— Si seulement ta mère était là, si seulement ta mère était là.

Sa mère n'y était jamais allée, même si elle n'était qu'à quelques heures de marche en Jordanie, une distance que personne en seize ans n'avait réussi à franchir. Il avait résolu de faire le voyage, même qu'il disait inconsciemment :

— Je te donne ma sœur Maryam en mariage.

Il était enflammé, goûtant une profonde amertume jusqu'au creux de l'estomac, tandis qu'elle reculait de deux pas, arborant toujours ce sourire blessé. Derrière elle, le porc grogna ; alors elle lui dit :

— Ton beau-frère Hamed veut quitter Gaza.

Mais il ne le regardait pas, le traitant comme s'il n'était pas là :

— Hamed dit beaucoup de choses, inutile de le prendre au sérieux.

Au même instant, il se demanda : « Où est-ce arrivé ? » Il regarda la douce courbe de son ventre sous la robe et pensa : un jour, probablement, il a quitté l'école plus tôt, sans doute a-t-il obtenu la permission du directeur, en disant :

— J'ai un mal de tête atroce.

C'était toujours sa façon de faire : plaider un mal de tête, puis il s'était faufilé jusqu'à la maison en mon absence et elle l'attendait. Là, il avait déboutonné son chemisier et elle avait fait semblant de ne rien sentir.

— Mais quand ?

Elle se retourna sans un mot et se mit à parler distraitement aux invités : « J'espère la même chose pour vous. » Un mot a retenti : félicitations... félicitations. Des mains froides se tendirent pour serrer les siennes, tandis que ses yeux étaient fixés sur elle. Envahie par une rage bouillante, il s'était réfugié pendant deux mois dans le fantasme de la tuer. Il s'imaginait se précipitant vers son lit, armé d'un long couteau, lui découvrant le visage ; puis, tandis qu'elle levait les yeux vers lui avec des yeux de folle, il l'attrapait par les cheveux et lui disait quelque chose de bref, clair et concis ou bien il ne lui parlait pas du tout, mais il la regardait simplement pour qu'elle comprenne tout, et il la poignardait en plein cœur. Ensuite, il se précipitait hors de la maison à la recherche de son beau-frère. « Je te donne ma sœur Maryam en mariage pour une dot de dix guinées, toutes différées ». Son beau-frère….

Elle avait permis à cet homme de la salir ; elle lui avait offert son corps en un quart d'heure. Quand il avait planté l'enfant dans son ventre, il le tenait désormais en laisse.

— Tu es libre, tu me la donnes en mariage ou pas, ce n'est pas moi qui perds.

— Mais pourquoi n'as-tu pas dit que tu la voulais ?

Il secoua la tête en souriant comme un honnête marchand :

— C'est juste arrivé comme ça.

Il avait eu envie de se lever et de le frapper, mais l'homme avait continué à sourire.

— Tu ne veux pas me frapper, n'est-ce pas ? Ils diront que tu as frappé l'homme qui...

Assez !

L'homme était maigre et laid comme un singe et il s'appelait Zakaria. Hamed aurait pu, s'il l'avait voulu, mettre ses grosses mains autour de lui et le serrer à mort, mais il était impuissant à agir ; sa sœur Maryam écoutait derrière la porte, l'enfant grandissant dans son ventre. Lorsque les derniers invités furent partis, son beau-frère referma la porte et rentra comme s'il était le propriétaire de la maison. Il enleva ses chaussures et s'allongea sur le canapé, ressemblant à une tache accidentelle qui n'avait pas sa place ici. Puis il soupira, joignit ses mains derrière sa tête et regarda avec un soulagement malin les objets dans la pièce. Enfin ses yeux se posèrent sur elle et il se mit à parler, en ouvrant largement les contours de sa bouche :

— Alors il veut partir, il a l'intention de traverser le désert... Il ne m'a pas encore félicité, je suis maintenant son beau-frère, sans parler du fait que je suis plus âgé que lui.

Puis il se leva d'un bond et commença à arpenter la pièce, les yeux fixés sur le sol :

— Il nous menace, Maryam, alors pourquoi ne lui dis-tu pas qu'on s'en fout de lui ?

Mais elle s'était tenue silencieusement appuyée contre le mur, comme une vieille femme qui vient de se remarier. Il s'arrêta et la regarda de nouveau, prenant la pose d'un orateur éloquent :

— En une nuit, le désert en avale dix comme lui. Il lui tourna le dos et fit face à Maryam :

— Il doit d'abord traverser nos frontières, puis les leurs, et encore les leurs, et enfin les frontières de la Jordanie. Et entre ces quatre frontières, il y a d'autres menaces mortelles que le désert nous réserve sans fin.... Es-tu sûre que cela n'est pas une de ses blagues stupides ?

Elle ne répondit pas et l'atmosphère de la pièce devint tendue et étouffante.

Un filet de sueur émergea du col d'Hamed. Il réalisa qu'il haletait fortement. S'il parlait, il aurait l'air ridicule, mais il ne pouvait pas s'en empêcher. Il se leva de sa chaise, se dirigea droit vers la porte, puis au bon moment, il se retourna :

— Je partirai demain soir.

En descendant les marches, il eut envie d'entendre un bruit, d'entendre la voix de sa sœur qui lui demandait : « Hamed, reviens. » Il voulait qu'elle crie, qu'elle dise quelque chose. Mais le seul bruit qu'il entendait était le bruit de ses propres pas dans les escaliers. Avant même d'atteindre le trottoir, il entendit la porte claquer derrière lui. Sans un seul mot et puis ce fut le silence.

Il faisait complètement noir maintenant. Un vent froid s'était levé et sifflait à la surface du désert, son rythme ressemblant aux halètements d'une créature mourante. Il ne savait plus s'il avait peur ou non. Il y avait un cœur qui battait aux confins du ciel, dans ce corps s'étendant jusqu'au bord de l'horizon. Il resta immobile un moment, fixant la tente noire perforée du ciel, tandis que l'étendue du désert paraissait sombre comme un abîme. Il remonta le col de son manteau et enfonça ses mains profondément dans ses énormes poches. Soudain, sa peur s'évanouit. Il était seul avec la créature qui était avec lui, sous lui et en lui, respirant avec un sifflement audible, alors qu'elle flottait sublimement sur une mer de ténèbres cloutées. Lorsqu'un rugissement lui parvint au loin, cela lui parut quelque chose de tout à fait attendu. Rien dans cette vaste étendue n'avait le pouvoir de le surprendre ; c'était un monde ouvert à tout et tout son qui lui parvenait ne pouvait être que petit, clair et familier. Au début, le rugissement avait semblé venir des quatre coins, puis il devint clair. Un faisceau de lumière rectiligne balayait le bord de l'horizon comme un bâton blanc décrivant un demi-cercle. L'instant suivant, deux yeux brillants apparurent au loin et se mirent à rebondir alors qu'ils s'avançaient avec un mouvement circulaire. Sans crainte ni hésitation, il s'allongea sur la terre et la sentit comme une vierge frémir sous lui.

La bande de lumière effleurait les dunes de sable doucement et silencieusement. Ce n'est qu'alors qu'il s'aplatit dans le sable et sentit sa douce chaleur. Soudain le rugissement s'éleva, alors que la voiture accélérait devant lui. Il enfonça ses doigts dans la chair de la terre, sentant sa chaleur couler dans son corps. Il lui sembla que la terre soufflait directement sur son visage, son souffle excité lui brûlant ses joues. Il appuya sa bouche et son nez contre elle, les battements de cœur mystérieux s'amplifièrent. Tandis que la voiture tournait brusquement, les feux arrière rouges clignotaient et se fondaient dans la nuit. « Je te donne ma sœur Maryam en mariage ». Il posa à nouveau sa joue sur le sable et sentit une brise froide passer sur lui. Les feux arrière rouges avaient complètement disparu, comme si une main les avait éteintes. Si seulement ma mère était là, réfléchit-il. Il se retourna et passa ses lèvres contre le sable chaud. Il n'est pas en mon pouvoir de te haïr, mais puis-je t'aimer ? En une nuit tu en avalerais dix comme moi.

Je choisis ton amour. Je suis obligé de choisir ton amour. Tu es tout ce qui me reste.

Tu es tout ce qui me reste et même si tu partages mon lit, tu es irrémédiablement distant. Tu me laisses seule pour compter les coups métalliques froids battant contre le mur. Battant, battant avec insistance, à l'intérieur du cercueil en bois suspendu en face du lit. Il l'avait achetée en juillet. Il l'avait ramenée du marché et quand il était arrivé à la porte, il n'avait pas pu sortir les clés de sa poche. C'était lourd dans ses bras, comme il me l'avait dit, et il se tenait là, perplexe, se demandant quoi faire. Puis il s'oublia et resta debout jusqu'à mon arrivée. Quand il m'a regardée, il transpirait, mais il n'était pas en colère. Il m'a juste dit : « Pourquoi es-tu en retard ? »

— Je ne suis pas en retard... Qu'est-ce que c'est ?

Il l'a regardée dans ses bras :

— C'est une horloge murale, mais c'est comme un petit cercueil, n'est-ce pas ?

Quand nous sommes entrés, il est allé directement dans la chambre où nous dormions. Il y avait un gros clou planté juste en face de son lit et il y a accroché l'horloge, tandis que je lui tenais la chaise. Il descendit, recula et l'admira. Mais elle n'a pas marché. Alors qu'il réfléchissait, je lui ai dit :

— Peut-être qu'elle a besoin d'être remontée.

Il secoua la tête en signe de désaccord et a déclara :

— Je pense que c'est parce que ça ne tient pas droit. Les horloges murales à pendule tournent mal si elles sont inclinées.

Il remonta sur la chaise et en modifia l'angle, comme s'il s'apprêtait à viser précisément une cible.

L'instant d'après, elle se mit à battre. Nous remarquâmes tous les deux que ses coups métalliques ressemblaient au son produit par le claquement d'une seule canne. Lorsqu'il a remis la chaise à sa place, je lui ai posé la question qu'il attendait.

— Tu l'as achetée combien ?

Et il m'a donné une réponse à laquelle je ne m'attendais pas :

— Je ne l'ai pas achetée, Je l'ai volée.

Et depuis, elle y est suspendue avec son rythme régulier froid, résonnant comme le son d'une seule canne. Tic-tac, tic-tac, tic-tac. Ah Zakaria, ça continue sans arrêt, tic-tac. Et maintenant, tout ce qui me reste, c'est toi et ça. Nous l'avons laissé nous abandonner sans un mot. Quand j'ai entendu ses pas chancelants et hésitants dans l'escalier, j'ai cru qu'il reviendrait et je me suis sentie tiraillée entre lui, qui représente tout le passé, et toi qui es tout mon espoir pour l'avenir. Et pourtant, aucun de nous n'a agi et il n'est pas revenu. Puis tu t'es avancé et tu as claqué la porte, mettant fin à tout, et tu es allé dans la pièce voisine. Quand je t'ai suivi, tu m'as assuré qu'il reviendrait, qu'il était trop jeune pour affronter seul le désert. Tu as dit qu'avec le temps, il découvrirait par lui-même l'insignifiance du sujet et qu'il verrait que ce n'était pas si important qu'il ne le pensait maintenant.

Si ma mère avait été là, il se serait réfugié chez elle, comme moi d'ailleurs. On aurait eu une chance de discuter du problème avec elle. Nous ne l'aurions pas effacé de nos vies au moment où la porte s'est refermée derrière lui.

Par l'intermédiaire de l'apprenti boulanger, j'ai reçu ses premiers et derniers mots : « Je partirai aujourd'hui au coucher du soleil. Je t'écrirai de Jordanie, si jamais j'y arrive. » Puis vint la petite signature : « Hamed. » La note était composée aussi calmement que celles qu'il écrivait toujours au dos de son paquet de cigarettes quand il devait quitter la maison pour une raison quelconque : « Je reviens vite – Hamed. » Il la laissait sur la radio où il savait que j'irais tout de suite dès que je rentrais à la maison. Mais nous l'avons trompé, Zakaria. Nous l'avons trompé, avouons-le ! Il est loin maintenant, il marche depuis au moins trois bonnes heures. Je compte ses pas, un par un, comme ces battements métalliques discrets sur le mur devant moi. Les battements du cercueil.

Ce sont des battements chargés de vie qu'il martèle sans cesse contre ma poitrine, là où il n'y a pas d'écho, mais de la terreur. Alors qu'il se débat contre le mur noir qui le surplombe, il ressemblait à une créature minime, résolue à un voyage dangereux sans fin chargé de fureur, de douleur, d'étouffement, voire peut-être de mort, chant solitaire de la nuit qui défile dans mon corps. Dès l'instant où j'ai senti son premier pas sur le bord, j'ai su que c'était un étranger ; et quand je l'ai vu, mes soupçons se sont confirmés. Il était totalement

23

seul, désarmé et peut-être aussi sans espoir. Malgré cela, dans ce premier moment de terreur, il a dit qu'il avait demandé mon amour parce qu'il était incapable de me haïr.

Tu ne trouveras pas en toi le courage de me détester Zakaria, tu ne peux pas faire ça. Tu es tout ce qui me reste. Quant à lui, il est parti, toute trace de lui est effacée, à l'exception de la monotonie incessante des coups métalliques battant sur le mur comme une canne qui a perdu sa direction. Compter ces battements est tout ce qu'il me reste à faire, tandis que tu es profondément endormi, à ma portée, mais aussi lointain que la mort.

Tu ne le connais pas vraiment, même si tu as travaillé avec lui pendant un court moment dans la tente appelée l'école du camp. Et il ne te connaissait pas non plus. Seulement je vous connais tous les deux. Son opinion sur toi était toujours la même, exprimée avec concision ; rien ne l'a jamais modifiée. Il me l'avait dit lorsque nous t'avons rencontré pour la première fois ensemble par hasard dans la rue :

— Comment s'appelle-t-il ? Lui ai-je demandé.

— Zakaria... a-t-il répondu.

— D'où le connais-tu ?

— Il est mon collègue à l'école du camp.

— Ton ami ?

— Non, c'est un fumier.

Et c'était tout : « C'est un fumier. » Il n'a jamais changé ce terme. Même quand il l'a découvert, il a juste dit : « C'est un fumier. » Et il est parti. L'horloge s'arrêta brusquement, un instant, avant de sonner neuf heures, ce qui signifiait qu'il avait dû marcher pendant trois heures dans le désert. Il n'a jamais su que trois jours plus tard tu m'as arrêtée dans la rue et tu m'as dit : « Salutations à Hamed. » C'est un message que j'ai gardé pour moi parce que je savais que ce n'était qu'un prétexte pour que tu t'intéresses à moi.

Il s'arrêta brusquement, regardant d'abord le ciel puis sa montre. Comme tous ceux qui tentent de s'évader, il était, je le savais, résolu à aller aussi loin qu'il en est capable avant l'arrivée de la lumière de l'aube. J'étais étendu sous lui ; sans hésiter je me suis soumis à sa jeunesse tandis que ses pas battaient dans ma chair. Mais il avait comme tous les autres peur de l'étendue infinie, d'un horizon sans colline, sans repère ni chemin. Il resta debout là, regardant la noirceur reliant le sable au ciel, fixant un endroit qui se trouvait directement à ses pieds. Puis, tout aussi soudainement, il marcha, jeune qu'il était, plein de rage, d'inquiétude et de tristesse. Je ne pouvais pas lui dire qu'il était écarté un peu vers le sud et que ça le conduirait au matin au cœur du désert et du soleil.

Je n'ai jamais su pourquoi mes pas m'ont conduite ce soir-là vers le café où tu allais, ni pourquoi j'ai ralenti pour que tu puisses me voir et me suivre. Comment aurais-je pu savoir que ce petit moment me conduirait, quatre mois plus tard, dans ton lit en face de ce cercueil suspendu qui bat encore. Tic-tac... Tic-tac à son lit. C'est son lit. Nous avons tous les deux dormi dans cette chambre, pendant que notre tante avait sa propre chambre, jusqu'à sa mort. Mon lit était disposé sous la fenêtre. Le sien était de l'autre côté en face de l'horloge. Quand notre tante est morte, j'ai déplacé mon lit dans la chambre du dehors, et il est resté ici à sa place habituelle, écoutant le battement métallique constant de l'horloge, tandis que le pendule allait et venait sur le mur, sans un instant de répit.

Quand ma tante est morte, c'était sur son lit. Il me semble, en regardant en arrière maintenant, qu'il a délibérément fait comme ça, car alors qu'elle était en proie à sa dernière maladie, il a soudainement décidé de la transférer de l'autre pièce à son lit, sans expliquer pourquoi. Elle y mourut à une heure du matin au son solitaire de l'horloge. Elle a dû le sentir, car ce seul coup brusque était le son final qui l'a conduite sous l'emprise de la mort. Elle a regardé l'horloge, puis m'a regardée tout en continuant à lui parler :

— Passe mes salutations à ma sœur, un jour, si Dieu le veut, tu iras vers elle ou bien elle viendra vers toi.

Ignorant le carillon, elle regarda l'horloge alors qu'elle recommençait à sonner et dit:

— Prends soin de la jeune fille.

C'est alors que j'ai quitté la pièce. La fille, la fille, la fille... elle était toujours dans mes vêtements, dans mon corps brûlant, dans mon lit. Cette fille était plus étrange que la mort...

Je ne savais pas qu'elle avait quitté la pièce, mais ma tante le savait. D'un doigt frêle, elle désigna la porte par laquelle elle était passée et a dit :

— Marie-la, Hamed. Marie-la, c'est une jeune fille et je le sais.

Mais la salope ne pouvait pas attendre. Elle est venue me voir avec un enfant palpitant dans son ventre. Et le père ? Ce fumier de Zakaria, ils avaient été tous les deux de connivence pour me tromper puis me forcer à sortir, alors que je me noyais dans sa honte. « Je te donne ma sœur Maryam en mariage, je te donne ma sœur Maryam en mariage... tout différé... différé ». Elle s'est approchée de moi :

— Je veux t'avouer quelque chose de terrible, a-t-elle dit. Mon cœur s'est emballé quand je lui ai dit :

— Alors, assieds-toi

Quand elle s'est assise et a croisé les mains sur ses genoux, j'ai su instantanément. La terreur montait en moi et de grosses gouttes de sueur me piquaient les yeux. J'imaginais que des cris sortaient de dessous ses mains et de la blessure entre ses cuisses qu'elle semblait dissimuler par la position de ses mains. Quand elle a commencé à pleurer doucement, j'ai dit:

— Mon Dieu, je sais.

Elle plaça mes mains entre les siennes et les frotta contre ses lèvres et son visage plein de larmes, et jura :

— Mais nous nous marierons, Hamed, nous nous marierons !

À moitié hors de mon esprit, je n'arrêtais pas de demander :

— Qui est-ce ?

— Zakaria !

— Zakaria ? Zakaria ? Attends une minute, Zakaria ? Oh mon Dieu !

Il y avait un haut mur derrière le camp et ils nous y ont tous conduits. Pendant que nous nous engouffrions dans le passage étroit qui menait au bâtiment éventré, ils nous grondaient alternativement en hébreu et en arabe approximatif. Puis ils nous ont mis en ligne et nous ont scrutés attentivement, tout en plaçant les canons de leurs fusils sous leurs aisselles et en se tenant à l'aise. Sans avertissement, une bruine lente a commencé à tomber. Derrière nous, le camp était plongé dans un noir silence. À midi, un officier s'avança et cria « Salem » ; mais la ligne a maintenu sa discipline humide, silencieuse et inflexible. Lorsqu'il appela à nouveau de sa voix aiguë, quelqu'un remua ses jambes, faisant momentanément vibrer les cailloux, avant que le silence ne revienne. Impatient, l'officier semblait une masse de fureur impuissante. Derrière lui, déployés comme des musiciens qui accompagnent une pièce bien jouée, les gardes ont déclenché à l'unisson le cran de sûreté de leurs fusils. L'officier recula lentement, laissant la voie à leur visée ininterrompue :

— Si vous êtes si déterminés à cacher le coupable, alors vous irez tous en enfer. Nous savons qu'il est là avec vous !

Les cailloux ont de nouveau grincé alors que je fermais les yeux dans un effort pour faire disparaître le monde. Mais, à l'instant suivant, Zakaria s'est précipité hors de la ligne droite et s'est jeté à genoux, les mains sur la poitrine et s'est mis à crier. Lentement, avec hésitation, les fusils ont été baissés alors que l'officier s'avançait et lui donnait des coups de pied. Deux soldats le remirent sur ses pieds tremblants.

— Je vais vous montrer Salem, proposa-t-il.

Mais avant qu'il ne puisse le faire, Salem s'est avancé de lui-même et s'est tenu directement devant nous. Nous le vîmes nous porter un regard inoubliable de gratitude tandis qu'ils le conduisaient devant eux. Cependant, il se tourna pour fixer Zakaria avec le visage d'un homme qui était déjà mort et sur le point d'annoncer la naissance d'un fantôme. Nous avons entendu un seul coup de feu tiré derrière le mur et, simultanément, nous avons tous tourné les yeux vers Zakaria. Zakaria. Zakaria.

Mon corps était en feu sous mes vêtements. Même quand je les ai enlevés et accrochés au mur, les flammes ont continué à se nourrir de ces vêtements. Chaque matin, pendant que je me changeais, l'horloge faisait retentir son carillon mélancolique dans son petit cercueil en face de moi. C'est alors que mes seins capricieux éclataient et que mes mains inconscientes glissaient sur mes cuisses. Il n'y avait pas un seul grand miroir dans la maison dans lequel je pouvais regarder tout mon corps à la fois. Tout ce que je pouvais voir, c'était mon visage. Lorsque je déplaçais le miroir, les images de mes seins, de mon ventre, de mes cuisses apparaissaient comme une série de parties disjointes appartenant à la figure désincarnée d'une fille recevant les derniers rites par le battement impitoyable et moqueur du pendule de l'horloge contre le mur. Tu as été la première personne à me toucher. À cet instant, tu semblais si proche que c'était comme si nous avions vécu ensemble dans les mêmes vêtements pendant toute une vie. Sous les coups terribles de la canne sans but, soumis à tes doigts, tes mains, tes lèvres, tes yeux, j'ai dépouillé trente-cinq ans de ma vie morceau par morceau et année par année. Vais-je toujours te rencontrer comme un voleur, te voler des regards derrière les coins ? « Alors marions-nous ». « Ton frère Hamed exigera une dot de vingt charges de chameaux ». « Demande-lui ». « Ce garçon ne supporte pas d'entendre ma voix. Je le connais, il préfère te tuer que de te voir avec un homme, surtout si c'est Zakaria ». « Alors tu ne veux pas m'épouser ? ». « Je veux, mais pourquoi ne veux-tu pas que je te voie ? ».

Je lui ai donné tout ce que ma nature sauvage peut me permettre, et sans le savoir, il s'est égaré. Mais il y a une chose que je ne peux pas lui donner : du temps. Cela fuyait entre ses pas et, au bout du compte, cela travaillait contre lui. Pourtant, il n'était pas en course avec le temps, mais avec sa propre perte. **Quoique inconscient de cela, il sentit, d'après sa connaissance de ma nature dure et sauvage, qu'il devait s'arrêter. Alors il s'est arrêté. L'horizon devant lui était en feu. Il y avait des lumières, une route et des voix** au loin. S'il avait su, il se serait rendu compte qu'il avait dépassé le temps, mais cela ne lui vint pas à l'esprit. *Il resta là à réfléchir. Son mouvement constant avait réchauffé son corps contre le vent froid qui le coupait de toutes les directions. Soudain, il cracha. J'étais insouciant ; la profondeur de ses sentiments ne me regardait pas. Je ne m'occupe que des directions et il avait pris la mauvaise direction à son grand désavantage. Pourtant, il semblait toujours enragé par quelque chose qui n'avait aucun rapport avec moi ou avec le fait qu'il se tenait là à une demi-heure de distance de la bonne route. Finalement, ce à quoi je m'attendais s'est produit : il a évité la direction des lumières et a de nouveau pris une fausse route, se dirigeant en ligne droite vers le sud. Il avait abandonné toute forme de réflexion et s'appuyait plutôt sur des sens déformés par la terreur et l'excitation. Il semblait, d'après ses émotions, un aventurier courageux qui ose frapper à une porte inconnue.*

Quand je l'ai vu à la porte, j'ai eu peur et j'étais excitée en même temps. J'ai tremblé de tout mon corps. Hamed était parti seulement cinq minutes auparavant et Zakaria, sûr de lui, se tenait sur le pas de la porte et demandait :

— Est-il là ?

Sans attendre de réponse, il mit un pied à l'intérieur de l'encadrure de la porte. Il entra, posant une main sur mon épaule. Je sentais sa lourdeur me retenir.

— Je veux lui parler de notre mariage.

Un sentiment d'extase m'a submergée et je ne sais même pas comment j'ai dit :

— Il n'est pas là.

— Sera-t-il en retard ? Je veux dire, puis-je l'attendre ?

— Je ne sais pas. Je ne pense pas. C'est le premier du mois et il est parti chercher les rations alimentaires.

Il entra alors et se retourna :

— Est-ce que je t'effraie ?

— Non, pourquoi ?

Tu t'es avancé et tu as posé tes lèvres dures et brûlantes contre mon cou, et nous sommes tous les deux tombés sur la chaise longue qui était mon lit. J'ai entendu ta voix murmurer à travers mes vêtements :

— Il va être en retard.

J'ai senti ta main me serrer la poitrine, tandis que ta voix continuait :

— Je sais qu'il va être en retard, je suis juste passé par là.

Alors tout ton corps s'est collé à moi et j'étais enflammée :

— Je suis passé par le centre et il y avait une foule incroyable ; c'est vrai, c'est le premier jour du mois !

Je ne sais pas comment j'ai pu sentir tes mains rugueuses sur mon dos nu. « Il va être en retard ». Mais les mots tombaient à peine, ils restaient là sans signification ; il ne m'importait plus qu'il soit en retard ou non. Ensuite, tu t'es habillé et tu as dit :

— Je ferais mieux d'y aller.

Un effondrement silencieux traversait mon corps, le brisant de l'intérieur. Ce n'est que lorsque la porte a claqué que j'ai entendu l'horloge sonner huit fois, comme si quelqu'un frappait à nouveau à la porte. Si seulement ma mère était là, Zakaria, si seulement ma mère était là. Mais il n'y a personne, seulement toi, et Hamed me tuerait s'il savait - et je pense que je suis enceinte. Tu as souri et posé ta main sur mon épaule. Tu regardais mon ventre comme si tu voyais l'enfant se tordant dans mes entrailles, caché sous quelque chose, regardant le monde sans permission avec deux petits yeux. Alors que nous nous enfoncions dans de petites ruelles, tu as dit :

— Tu es une terre fertile, petite diablesse, une terre fertile, je te le dis !

Une terre fertile, semée d'illusions et de perspectives inconnues. Il n'y a pas une lame d'acier au monde qui ne serait pas brisée si elle effleurait ta poitrine nue et blonde. Ta poitrine nue et robuste qui s'étend jusqu'à l'éternité, la mienne et la leur, flottant majestueusement dans une mer de ténèbres. Toutes les lames d'acier du monde ne pourraient jamais arracher une seule racine de ta surface. Mais elles se briseraient, l'une après l'autre, face à ta ferme moisson qui grandit de plus en plus, et au fur et à mesure qu'un homme s'engage dans ta profondeur jusqu'à ce qu'il se transforme lui-même en une tige de plus, profondément enracinée, qui puise à ta source l'énergie nécessaire à sa croissance.

Il ne peut pas être récolté. Ne me dis pas ça, même si tu le penses. J'en ai tellement peur que je n'ose pas m'en débarrasser. C'est ma honte ! Oui, Ô Zakaria, c'est ma seule honte en trente-cinq années virginales et refoulées !

Dix heures sonnèrent. Tic-tac. Tic-tac, comme si la canne se forçait à bouger, tapotant ses pas éternels et solitaires dans un petit cercueil bien fermé. Il doit avoir marché pendant quatre heures maintenant, sans s'arrêter un instant, et tu me laisses avec lui, suivant ses pas sur le mur, tandis que tu es allongé à mes côtés, profondément endormi. Combien lui restait-il du chemin à parcourir ? Dis-moi, Zakaria, Zakaria...

— Tu ne dors pas encore ?

— Non, dis-moi, Zakaria, combien de temps faut-il à un homme pour traverser à pied de Gaza à la Jordanie ?

— Je te l'ai dit dix fois !

— Non, tu ne me l'as pas dit.

41

— Douze heures !

Il se retourna un instant sur le côté, puis se redressa sur son coude. Il écouta la sonnerie de l'horloge, puis continua :

— ....C'est s'il connaissait bien le chemin.

Il se pencha et ses yeux me fixèrent dans l'obscurité, il dit :

— ....Et s'il n'a pas rencontré de patrouille dans la première heure.

Il était assis bien droit maintenant et il passa ses doigts dans ses cheveux. Ses yeux sautaient de sa montre sur mon visage.

— Quelle heure est-il maintenant ?

— Il vient d'être dix heures.

Je suppose que tu penses à lui.

— Oui.

— J'ai fait de mon mieux pour l'arrêter, à ma manière. N'es-tu pas en colère contre moi ?

— Non.

— Essaie donc de dormir.

— J'ai essayé pendant les deux dernières heures.

Il se glissa, encore une fois, dans le lit et enfouit son visage dans l'oreiller :

— En tout cas, ça ne l'aidera pas si tu passes la nuit à t'inquiéter de ce qui pourrait lui arriver. Il vaut mieux arrêter de s'inquiéter et aller dormir.

— Je ne peux pas.

Il se retourna de l'autre côté et ne dit rien. Une fois de plus, la pièce semblait déserte, rythmée seulement par la monotonie de l'horloge qui paraissait, dans son insistance, battre contre les parois de mon crâne. Sans avertissement, il se pencha soudain et tendit la main vers les cigarettes et la boîte d'allumettes sur la table ; il alluma une cigarette. Une brève lueur éclaira son visage carré et rugueux et ses petits yeux mi-clos brillèrent dans leurs fosses sombres. S'appuyant sur l'oreiller, il souleva son corps et tira sur la cigarette, faisant naître une petite lueur qui scintillait dans l'obscurité avant qu'elle ne soit éclipsée par l'ombre de la canne tapante.

— Nous allons changer un peu le mobilier, selon l'argent que nous aurons dans la poche. Les lits sont assez bons, mais nous essaierons de replacer les chaises dans la chambre voisine.

— Mais nous devons d'abord penser à l'enfant.

— Tu es folle, crois-moi ! Tu détruiras ta jeunesse pour lui et plus tard tu maudiras l'enfant et son père, et le temps où tu n'as pas suivi de bons conseils. Tu deviendras une femme flasque avec un ventre plein de taches qui semble avoir été touché par la variole. Je sais de quoi je parle, je les ai vues de mes propres yeux. Pendant toute une année, tu ne seras pas une femme, tu ne seras qu'une bouteille de lait ambulante.

Il s'approcha, mettant sa cigarette entre ses lèvres. Il passa brièvement ses mains sur ma poitrine et mon ventre s'y arrêtant un instant :

— Tu as un corps incroyable, mais tu ne réalises pas sa beauté. Au moment d'accoucher, tu deviendras une petite montagne de chair. Tu sacrifieras tout pour cet enfant hurlant qui fera de ta vie un enfer.

Soudain, elle était là. Je m'étais dit que je ne penserais pas à elle, mais maintenant, pendant qu'il parlait, elle est venue, portant ses enfants. Elle se tenait là au pied du lit, alors que sa main lourde et chaude caressait légèrement mon ventre. Je ne lui ai même pas demandé son nom !

— Tu ne m'as jamais dit son nom.

Il retira brusquement sa main et tira fortement sur la cigarette. Dans un long silence, le pas solitaire de l'horloge résonnait avec une urgence croissante :

— Je savais que tu demanderais ça un jour. Cela ne me dérange pas, bien sûr, mais est-ce que ça doit être maintenant ? Qu'est-ce qui t'a fait penser à elle ?

— Ta main… Ta main caressant mon corps. Tu lui fais ça aussi ?

— Je ne sais pas. Laisse-moi te donner un conseil. Pour ta propre tranquillité d'esprit, essaie de ne pas penser à elle.

— Qu'est-ce qu'elle t'a dit ?

— Elle n'a rien dit. Elle a trop pleuré pour pouvoir parler.

Il se rapprocha de moi et la chaleur de son souffle m'enflamma. Je savais que ça allait arriver et je n'ai pas pu lui résister. Ma robe glissa sous ses doigts et mon corps a été submergé de désir. L'obscurité palpitait de sifflements excités. Tout à coup l'odeur « homme » s'est répandue alors que je commençais à onduler sans relâche, de haut en bas, en rythme, écrasée sous ses épaules, jetée, poussée, tirée, froissée, laissée tranquille puis traînée, pressée et trempée dans un bain d'horreur à la fois glacial et brûlant. Et puis j'ai perdu conscience, Hamed m'a secouée en me serrant les épaules dans ses petites mains raides et me demandant :

— Maryam, es-tu malade ?

— Non, mais où est notre mère ?

— Elle a été laissée sur la plage. Elle nous suivra plus tard, mais notre tante est avec nous.

C'était un petit garçon incroyablement courageux. De ses yeux perçants, il regardait les hommes comme leur égal et pas comme un enfant se collant à moi comme s'il était un petit bouclier d'acier contre la pointe d'une lance. Au-delà de la plage sombre, Jaffa brûlait sous les queues flamboyantes des projectiles qui tombaient du ciel. Nous flottions sur des vagues sombres, certains criaient et d'autres priaient en silence.

— Pourquoi as-tu laissé notre mère sur la plage ?

— Je ne l'ai pas quittée ; c'est le bateau qui se remplissait de monde. Elle viendra dans un autre bateau. Les hommes veillent sur elle. Notre tante et moi avons dû t'accompagner.

Il n'avait que dix ans et j'en avais vingt, mais il semblait tout de même avoir tout découvert en un instant de folie. Toute la nuit, il m'a regardée avec les yeux d'un jeune aigle, alors que nous flottions dans un vide noir sans fin, les avirons battant la surface des vagues. Battement. Battement. Jaffa, illuminée de flammes, s'éloignait lentement de la vue dans l'étendue infinie de l'horizon.

Je tenais à toi plus que je ne tenais à moi-même, espèce de salope. Je passais mes journées à te rendre de petits services sans relâche. J'avais espéré qu'un jour, en femme vertueuse, tu épouserais un honnête homme. Mais tu as ouvert tes cuisses au premier homme sans valeur qui est arrivé. Tu l'as laissé te mettre enceinte sans me considérer un instant, ni sa propre situation

d'ailleurs. **Tu n'étais qu'une salope. Vous allez pourrir toutes les deux dans son lit. Il vous partagera toutes les deux pour son plaisir et là tu mourras. Je dirai à ta mère que tu es morte et que je t'ai enterrée dans le pantalon d'un homme pourri avec la femme qui a donné naissance à ses cinq enfants et qui en a un sixième en route.**

« Alors, comment allons-nous vivre ensemble ? Veux-tu rester ici avec moi et la quitter ? Je ne t'ai même pas posé cette question ! Toute la nuit pourra passer sans que tu ne viennes vers moi, tu seras dans son lit. En allant de sa maison à ton école, tu pourrais frapper à ma porte, ou pas. Et chaque fois que tu iras chez elle, tu passeras devant ma porte. Oh mon Dieu ! Je n'avais jamais réalisé que cette maison était à mi-chemin entre la sienne et ton école. Imagines-tu, te voyant marcher dans sa direction sans même jeter un coup d'œil à ma fenêtre. Est-ce que tu la tires toujours par les cheveux pendant que vous atteignez ensemble ce point de plaisir douloureux ? ».

— Je t'ai dit d'arrêter de penser à elle. Pense à moi ici avec toi.

Il m'a soulevé dans ses larges bras, de sorte que j'étais face à l'horloge aux aiguilles invisibles mesurant le temps dans l'obscurité. Nous avons plongé ensemble dans une extase rythmique. Comment Hamed peut-il comprendre ? Il a toujours été un homme merveilleux, mais il est mon frère. Il n'a pas encore compris l'importance du passage du temps ; mais pour moi, c'est la mort qui s'annonçait au moins deux fois par jour. Je devenais peu à peu de jour en jour sa mère de substitution, tandis que de jour en jour il devenait pour moi un homme qui n'était qu'un frère. Il n'avait jamais réalisé que pour moi, une rencontre d'un instant avec un vrai homme conduirait à la dissolution de notre lien et du petit monde magnifiquement superficiel que nous nous étions forcés à choisir, un monde trivial non préparé à accueillir une autre célibataire. Alors, à quoi t'attendais-tu ? Il s'écarta brusquement et s'allongea, nu, haletant, tandis qu'il fixait le plafond.

— Tu n'étais pas là, je le sais ! Tu étais comme un morceau de bois. Mais cela ne durera pas longtemps. Je sais comment t'apprivoiser.

Il resta silencieux un moment, haletant avec un sifflement audible.

— Fathiya était comme toi au départ.

— Alors, c'est son nom, Fathiya ?

— Oh, c'est typique de toi ! Tu n'as rien saisi d'autre que son nom. Que veux-tu que je fasse ? Divorcer d'elle ? Tu ne veux sûrement pas ça. Tu es plus jeune qu'elle et bien plus belle, alors pourquoi devrais-tu avoir peur d'elle ? Sois un peu patiente pour entendre son avis.

Je me suis levée et le lit a craqué. Je suis allée dans l'autre pièce. J'ai eu une fois une jeune camarade de classe au lycée anglais de Jaffa, dont les yeux pétillaient en parlant, comme si elle parlait toujours d'amour. Elle se frottait régulièrement les lèvres pour qu'elles semblent voluptueusement lourdes et gonflées. Pendant les cours, elle les mordait avec ses dents pour préserver leur couleur éclatante. Elle était petite et vêtue d'une robe bleu marine ; son corps était très tendu comme celui d'un chat excité. Elle n'arrêtait pas d'écrire des lettres et de les recevoir, de parler d'un homme qu'elle appelait « il » et de cligner des yeux. Je me demande si le temps a été bon pour toi, Fathiya ? Son père avait toujours l'habitude de dire qu'il ne quitterait pas Jaffa, même si cela se transformait en grottes de pierre. Quand il parlait, il disait « bienvenue » tout le temps comme s'il était le propriétaire d'une maison d'hôtes bédouine. Une fois, alors que nous lui rendions visite pendant les accrochages, il est entré dans la pièce, a pris un livre et s'est soudainement tourné vers moi :

— Qu'est-ce que ton père a décidé de faire, Maryam ?

— Je ne sais pas, mais il a l'intention de rester.

— Bienvenue. Je vais rester aussi.

Il sortit à grands pas pendant que Fathiya faisait un clin d'œil et souriait en regardant son dos voûté. Puis il se retourna :

— Pourquoi devrais-je partir ? Si une catastrophe survient, alors bienvenue, les choses ne peuvent pas être aussi pires qu'elles ne le sont maintenant.

Lorsqu'il disparut dans le couloir, Fathiya dit tout à coup :

— Je te marierai un jour avec mon frère Fathi... il cherche une épouse. Qu'est-ce que tu en penses ?

— Je t'ai dit que j'ai l'intention de terminer mes études.

Elle fit à nouveau un clin d'œil en se mordant les lèvres et dit :

— Tu pourrais dire ça à d'autres, pas à moi.

Ma mère parlait dans le même sens. « Si Fathi te demande la main, je ne dirai pas "d'accord". Je dirai "bienvenue" comme son père le fait toujours ». Mon père se tenait sur le pas de la porte. Il était en colère, ce qui se manifestait toujours par la façon dont il tremblait lorsqu'il ne parvenait pas à s'exprimer. Il a crié de sa voix rauque et bourrue :

— Ne parlez pas de mariage avant que notre cause nationale ne soit décidée. Chaque fois qu'il s'exprimait en termes de cause, le danger nous semblait imminent et sanglant. Il avait une façon particulière de prononcer le mot « cause » ; il accentuait férocement le "c" et en escamotant la fin. Hamed lui a probablement adopté cette habitude.

Ils avaient ramassé son cadavre ensanglanté sur le bord de la route. Je me tenais à

l'entrée de la porte quand l'un des hommes m'a demandé : « Es-tu Hamed ? » Soudain, j'ai commencé à pleurer. Ma mère a regardé par la fenêtre et s'est effondrée. Partout des fenêtres s'ouvrirent brusquement et des voix se mirent à hurler. Les hommes montèrent silencieusement les escaliers. Il était enveloppé dans deux manteaux et son bras nu se balançait d'arrière en avant. Maryam n'était pas là. Si elle en avait été témoin, elle serait devenue folle. Maman a répété cela jusqu'à la fin. Elle m'avait envoyé l'attendre au bout de la route pour lui dire de passer la nuit chez notre tante. J'y ai été envoyé aussi, tandis que ma mère restait seule, entourée de ses voisines en pleurs. Le lendemain, tout Jaffa était en flammes et al-Manshiya devenait un tas noirci sur lequel les balles sifflaient sans cesse, alors ma tante est allée chercher ma mère pour la ramener chez elle.

Les lumières étaient maintenant derrière moi, s'éloignant dans l'horizon blanc et silencieux. De l'autre côté de la colline, j'entendais le rugissement des camions qui avançaient lentement dans la nuit, mais j'étais hors de vue et en toute sécurité. Le sable avait fait place à une plaine rocheuse et mes pas s'accéléraient sur ce terrain plus sûr. Le vent était frais et exaltant. J'ai essayé de regarder ma montre, mais il faisait nuit noire. C'est à cet instant seulement que j'ai réalisé à quel point une montre est insignifiante et que ce qui importe c'est lumière et l'obscurité. Dans l'étendue infinie de cette nuit désertique, ma montre apparaissait comme une chaîne de fer qui engendrait la terreur et l'inquiétude. Sans hésitation, je l'ai détachée de mon poignet et je l'ai jetée. Je l'ai entendue cogner par terre avec un son à peine audible.

Elle a commencé à faire tic-tac dans mes profondeurs avec un triste son abandonné comme un petit cœur de fer incarné dans un corps de géant. Alors que ses pas disparaissaient enfin, elle commença à implorer de l'aide, isolée comme elle l'était sous la rotation infernale du ciel noir clouté, comme si elle anticipait une attaque folle imminente. Peu à peu celle-ci, dont l'unique tâche dans l'univers était de guider, s'est perdue face à ce temps réel qui avait survécu des éternités sans son, ni mouvement.

Je me sentais plus à l'aise quand je restais seul avec la nuit. Sans l'apparence artificielle du temps, la barrière s'est effondrée et nous sommes devenus égaux face à une lutte réelle et honorable, à armes égales. L'étendue noire devant moi n'était qu'une série de pas qui ne se mesuraient plus aux deux petites aiguilles d'une montre.

Son temps minuscule, tendu et insensé était passé. Comme elle reposait là sur les cailloux froids, elle semblait la seule chose de cet univers existant en dehors du temps réel. C'était comme un frelon bourdonnant et tournant follement sur lui-

même au-dessus d'une rivière sans rives et insondable.

Après quelques pas, j'ai eu l'impression d'avoir amputé une partie de mon poignet. J'ai voulu arrêter de penser à ce sujet et j'ai laissé ainsi mes pieds avancer librement sur la surface ferme du sol. Mais il ne m'a pas fallu longtemps pour avoir la certitude qu'aucune amputation n'avait eue lieu. Peut-être que la raison de cette conclusion était que je m'éloignais de plus en plus de l'endroit inaccessible où elle avait été jetée. Je n'avais rien fait de plus que gratter la croûte sèche d'un vieux furoncle sur mon poignet et ressentir le plaisir douloureux qui l'accompagnait, alors qu'un sentiment de soulagement envahissait lentement le corps. Et lorsque la croûte sèche s'est décollée lentement, le souvenir de la blessure elle-même a disparu et c'était comme si elle n'avait jamais existé. Il ne reste rien sauf une tache blanche qui n'a aucun rapport avec la blessure qui l'a précédée.

Il ne fallut pas longtemps avant que la montre ne devienne folle. Abandonnée dans son exil, elle continuait à tictaquer pour elle-même, édifiant ce mur impénétrable que les fous dressent habituellement entre eux et le monde.

Il s'approcha calmement et alluma la lumière. Il s'assit dans le fauteuil d'en face et me dévisagea comme s'il était prêt à engager une longue conversation ; mais il resta hésitant, tirant sur sa cigarette. Le tic-tac de l'horloge s'éloignait implacablement, comme si la canne solitaire tentait une nouvelle variation et commençait à l'essayer comme elle le faisait invariablement chaque fois que je quittais la pièce.

— Tu vas t'asseoir et attendre qu'il arrive ?

— Oui, vraisemblablement.

— Tu sais qu'il n'arrivera jamais.

— Pourquoi ça ?

— Parce que tu n'as aucun moyen de savoir s'il est arrivé, comment le sauras-tu ?

— Mais il a promis qu'il m'écrirait.

— Et s'il le fait ?

— Que veux-tu dire ?

— S'il t'écrit, la lettre mettra jusqu'à cinq jours pour arriver ici. Tu comprends ? Je vais t'expliquer plus attentivement. Tu ne seras jamais sûre qu'il est arrivé à moins qu'il ne t'écrive, n'est-ce pas ? Bien. Mais s'il écrit demain matin, la lettre arrivera cinq jours plus tard, et donc, pour toi, il continuera à marcher pendant ces cinq jours. Et je ne crois pas qu'il t'écrira, parce qu'en quittant Gaza, il voulait faire une rupture nette avec toi et le passé. Alors pourquoi devrait-il t'écrire ? S'il ne t'écrit jamais, alors, pour toi, il n'y arrivera jamais.

— C'est absurde !

— Si tu lisais demain dans le journal qu'un infiltré a été tué aux frontières...

— Arrête ça !

— Nous ne faisons que parler, n'est-ce pas ? Alors pourquoi t'es-tu mise en colère ? Ce que je veux dire, c'est que s'il lui arrivait quelque chose et que les journaux en parlaient le lendemain matin, alors ce serait…

— Je t'ai dit d'arrêter de dire ça !

Il se tut un instant, tandis que les battements déterminés, creux et métalliques de l'horloge surgissaient par la porte entr'ouverte. J'ai commencé à les compter les uns après les autres. Très probablement, il les comptait aussi, car il soupira et étendit les mains :

— Il est onze heures. Il a encore deux fois la distance qu'il a parcourue à traverser et nous sommes assis ici comme des idiots. Nous ne pouvons rien faire pour l'aider ou le dissuader. Mais que diable pense-t-il faire en Jordanie ? Il va chez sa mère ! Ha !

C'était la première fois qu'on avait des nouvelles de ma mère. Je me suis souvenue de la dure journée d'hiver où quelqu'un a frappé à la porte après le dîner et nous avons ouvert à une vieille femme. Elle était enveloppée dans une couverture noire délavée avec des filets de pluie qui dégoulinaient de ses ourlets. « Où est ta tante, Maryam ? ». A-t-elle demandé. Je me suis écartée pour la laisser entrer et une fois à l'intérieur, elle a annoncé, de sa bouche édentée, la nouvelle à ma tante :

— Ta sœur Oum Hamed est passée à la radio. Elle posait des questions sur Hamed, toi et Maryam et voulait savoir où vous étiez.

Ma tante s'est effondrée en larmes. Elles coulaient en suivant les rides de son visage formées de pleurs habituels. Puis, comme pour compenser, elle se mit à prendre Hamed dans ses bras, à le serrer et à le supplier de pleurer avec elle. Nous nous avons décidé d'écrire à la station de radio et de demander plus d'informations. Hamed est resté catégorique sur le fait que la lettre devait être adressée à Oum Hamed, bien qu'en guise de compromis, nous nous soyons mis d'accord sur une formule différente. Quatre jours plus tard, nous avons reçu une réponse.

Il est passé devant moi comme un fantôme et s'est retiré dans sa chambre. De là, il m'a appelée pour que je vienne me coucher, mais je n'ai pas répondu et au bout d'un moment, il s'est tu. Quand j'ai entendu sa respiration lourde et régulière, je me suis levée, j'ai éteint la lumière, je suis montée dans mon lit et j'ai fermé les yeux. Mais tout le temps, j'entendais ses pieds marteler un sol lointain. À ce moment-là, il est apparu distinct et tangible et il m'a regardé directement avec ses yeux en colère et désespérés qui montraient son profond isolement. Il semblait seul et perdu, peut-être abandonné. Je recommençais à compter ses pas tandis que Zakaria sombrait dans un sommeil profond, son visage carré et rugueux enfoui dans l'oreiller. Que diable pense-t-il faire en Jordanie ? Va-t-il traverser tout le désert et se jeter aux genoux de sa mère et pleurer ? Pauvre gosse trop grand ! Depuis quinze ans, il a vécu sans protection mais il avait peur qu'un jour il rencontre un désastre. Il a fait de sa mère éloignée un refuge pour l'avenir et il s'est tellement préoccupé de nourrir cette fiction qu'il a oublié de se construire pour devenir un homme indépendamment du besoin d'elle. Pauvre Hamed, qu'est-ce que tu croyais vraiment ? Qu'une terre fertile comme moi resterait toujours interdite à être labourée ? Que je passe tous les jours de ma vie au service de ta virilité, faisant sortir de ton pantalon un homme de Jaffa appelé Fathi, qui, silencieusement et fièrement, avait préparé une dot digne de la fille d'Abou Hamed ? Pauvre misérable ! Jaffa et Fathi sont tous les deux perdus pour toujours, il ne reste plus rien. C'est toi qui as suspendu cette horloge devant moi, pour ponctuer sans remords mes jours et mes nuits de cette tragique vérité. Et c'est toi qui m'as présenté Zakaria. C'est toi qui as donné à ma mère une existence illusoire. **Que penses-tu qu'elle te dira, cette mère que tu n'as jamais vraiment connue : « Pauvre petite Maryam, quelle sorte de vie misérable as-tu vécue pour que tu aies dû accepter tout cela à la fin ? Tu étais la fleur d'al-Manshiya, ambitieuse, instruite, issue d'une bonne famille. Quelle misère t'a fait accepter Zakaria en mari, avec ses enfants et sa femme ? Ma pauvre petite chérie... » Que pensais-tu qu'il se passerait d'autre lorsque tu as décidé, en un instant fulgurant, de tout quitter et d'aller chez ta mère ? Peut-être pensais-tu qu'elle reviendrait avec toi à Gaza, qu'elle entrerait dans la maison et jetterait Zakaria dans la rue, puis qu'elle rendrait à Maryam son ancien état de chasteté et lui redonnerait les ambitions de sa jeunesse perdue ?**

Sans avertissement, ses jambes heurtèrent le pied d'une petite colline et il resta là, tremblant. Cette fois, son arrêt parut décisif et définitif et je sentis ses pieds solidement plantés en moi comme le tronc d'un arbre qu'on ne peut pas déraciner. J'étais bien convaincu qu'il ne reviendrait pas, mais juste un instant j'ai aussi cru qu'il ne continuerait pas non plus, et qu'il resterait planté là, battant seul sous le ciel nu jusqu'à ce qu'il meurt debout comme la petite montre qu'il avait abandonné pour tictaquer d'elle-même sans que personne ne s'en soucie. L'instant d'après, comme poussé par son exil intense et solitaire, le ciel s'ouvrit et un faisceau de lumière violette traça une cascade illusoire au-delà de l'horizon. Puis, pour la première fois, je l'ai vu. Son visage paraissait rugueux, une impression renforcée par la couleur poussiéreuse que sa courte barbe avait acquise. Ses sourcils formaient un pont au-dessus d'une paire d'yeux noirs étroits. Les courts cheveux noirs bouclés qui s'enroulaient au-dessus de son front plat étaient saupoudrés d'un argent brillant. Son manteau grossier avait la couleur et la texture rugueuse de la toile. Ses mains étaient grandes et solides, et la fermeté de son corps juvénile, sous ses vêtements moulants, était tendue comme le corps d'un chat sauvage. Il était profondément bronzé, de cette couleur qu'acquiert seulement un corps brûlé depuis des générations par le soleil, passionné et chaud, de sorte qu'il semblait cuit jour après jour dans un mélange de sang et de boue. Pendant un court instant, la colonne de lumière violette est restée suspendue entre le ciel et la terre, puis elle a commencé à virer au vert. Les dunes de sable lointaines s'altéraient à leur tour, passant du brun au jaune terne. La nuit a repris, très vite, tandis que le ciel se fanait à l'horizon, en semant les étoiles dans son sillage, toujours à leurs positions fixes. Il se tenait là et il a vu le ciel s'ouvrir soudainement, devant lui, comme une porte.

Qu'as-tu fait, espèce d'imbécile, passant d'un enfer à un autre, te jetant ainsi dans le vide ? Que veux-tu vraiment que ta mère dise ? Il aurait été plus logique de lui trancher la gorge sur tes genoux, de le jeter en enfer, d'essuyer le sang sur ton visage et sur les murs de ta maison et d'y rester. Mais tu as été trop lâche pour faire ça. Non, pas lâche ! Cela aurait été futile, voire absurde. Tu veux placer ta mère entre Maryam et toi ? Tu veux en faire un mur d'oubli qui bloque le passé ? Aller vers une autre catastrophe ? Dans ton esprit, ta mère a toujours été une protectrice absente, prête à toujours prendre les armes pour ta défense et lever les obstacles auxquels tu étais confronté. Tu as vécu toute ta vie appuyé sur elle. Et que veux-tu de ce cavalier fictif que tu as, par échec et impuissance, transformé en cheval de bois ? Pourquoi ne pas t'asseoir sous ce ciel qui revient à ses propres profondeurs et réfléchir à ce que tu as fait ? Gaza est derrière toi maintenant, effacée par la noirceur universelle. Le fil s'est déroulé de la pelote de laine et tu n'es plus la personne enroulée sur cette bobine pendant seize ans. Mais qui es-tu ?

Il tomba soudain à genoux comme terrassé par un coup invisible. Les rayons de lumière verte convergeaient vers le bas en un seul point du ciel, absorbant l'éclair momentané qui avait illuminé le noir absolu. Dessiné par ce dernier rayon de lumière, agenouillé là, les mains jointes sur les cuisses, il ressemblait à quelqu'un qui aurait été projeté sans bruit dans mes profondeurs, avec le même calme digne que le faisceau de lumière maintenant évanoui.

Es-tu sûr qu'elle ne s'est pas mariée non plus ? Il secoua violemment la tête comme pour se débarrasser d'une image qui vivait au plus profond de lui. **Comment peux-tu être sûr qu'elle ne s'est pas mariée dès que tu as perdu le contact avec**

elle ? Dans ses lettres, elle soulignait toujours qu'elle vivait avec son frère et ses enfants et qu'elle prenait soin d'eux. Tu n'avais pas d'autre choix que de la croire. Mais comment réagirais-tu si tu devais entrer dans sa maison et qu'elle te dise : « Voici mon mari. Une fois que j'ai été sûre d'avoir tout perdu, je n'ai eu d'autre choix que de me marier. » Que feras-tu ? Retourneras-tu à Gaza ? Visualise cela et imagine qu'elle te dise : « Je n'avais pas encore quarante ans et je me suis retrouvée totalement seule. J'ai dû choisir entre passer ma vie comme servante de ton oncle et de ses enfants, ou prendre un mari qui m'achèterait au moins mon linceul et ma tombe à ma mort. Ô Hamed, mon petit garçon ! Ô mon pauvre enfant ! Fallait-il que tu te percutes si durement à la vie ? »

N'aurais-tu pas pu trouver un guide ou une arme à emporter avec toi dans ce voyage difficile ? Il semblait totalement découragé et écrasé, et il s'était éloigné de la route. Il n'était pas conscient de la façon dont la nuit s'écoulait. J'aurais aimé pouvoir lui dire quelque chose, mais le silence est mon destin et ma devise. Il était sans doute épuisé, jeté dans ce gouffre obscur, torturé et blessé, poignardé sans un seul mot.

Sans un seul mot. L'horloge tictaque. Tic-tac. Tic-tac. Il ne reste plus qu'une attente amère et elle n'aura pas de fin, à moins que j'aie de ses nouvelles dans le journal du matin. Alors seulement je saurai que tout est perdu. Je resterai avec Zakaria et la femme qui porte ses enfants, la femme qui se tient au pied du lit pendant que je me désaltère à sa source, entre les bras de son mari, et lui lèche le torse comme une chienne. « Dis-moi Hamed, as-tu déjà été avec une femme ? ». À cette question, il me regarda brusquement, comme si je l'avais giflé. Peut-être s'est-il rendu compte, inconsciemment, que ma contemplation de son torse nu, car la partie

inférieure était enveloppée dans une serviette, avait provoqué la question ironique. Et il demanda en nouant la serviette autour de sa taille :

— Que veux-tu dire ?

— Eh bien, n'as-tu jamais pensé à te marier ?

Il secoua la tête et dit :

— Je ne me marierai que lorsque j'aurai vu ma famille réunie dans une vraie maison, pas un trou comme celui-ci. Je le contournai et le poursuivis avec ma question initiale :

— Tu ne m'as toujours pas dit si tu as déjà couché avec une femme ? Il me regarda de nouveau d'un air étonné et, peut-être pour la première fois de sa vie, me balaya de ses yeux de haut en bas, puis se mit à se coiffer. Ses cheveux étaient drus, bouclés, et d'un noir sombre. Il ne s'est jamais soucié d'un miroir, car il les coiffait toujours en arrière tout en sachant que l'instant d'après ils reviendraient à leur ancien état initial. Cela l'avait exaspéré autrefois, mais il semblait s'y être résigné maintenant. Ce soir-là, il est rentré tard et, en entrant dans la chambre, il a fait du bruit exprès pour me réveiller. Quand j'ai ouvert les yeux, j'ai vu qu'il était encore habillé. J'ai su instantanément qu'il était, à sa manière naïve, déterminé à répondre à la question que je lui avais posée ce matin-là. Il a commencé par chercher quelque chose dont il ne voulait pas, puis il s'est tourné vers moi et a continué la conversation, la reprenant comme si elle avait été interrompue l'instant d'avant. « J'ai vu le sang couler de lui de mes propres yeux. Ils l'ont porté dans l'escalier emmitouflé dans deux manteaux crasseux. Son bras, jaune et nu, pendait entre les hommes et se balançait d'avant en arrière comme s'il me faisait signe de le rejoindre. En criant à haute voix, je montai les escaliers parmi les pas lourds et fermes des hommes. Tu peux dire que j'ai trop d'imagination, mais je ne l'ai jamais oublié... et je vais te dire autre chose que je n'ai jamais confié à personne... Je me souviens qu'un jour, en me précipitant dans leur chambre, je ne me souviens plus pourquoi, mais dès que j'ai ouvert la porte et franchi le seuil, je les ai vus ensemble au lit. Ils devaient être nus, mais je n'ai vu que son bras brun nu entourant sa taille blanche. J'ai fermé les yeux, j'ai tourné les talons et j'ai couru. Le lendemain, il est venu me faire asseoir devant lui et a commencé à parler. Je ne me souviens pas de ce qu'il a dit ; mais c'est le seul souvenir que j'ai gardé de mon père. C'est ainsi que je pense à mon père, juste un bras, une fois faisant l'amour avec ma mère, et l'autre fois ensanglanté dans la mort. C'est tout ce que mon père signifie pour moi ».

« Il est jeune ». C'est ce qu'ils disent tous : « Il est jeune. » Mais te voilà, trop jeune, isolé comme un point dans le vide, une bulle invisible flottant dans l'air, incapable de décider de son chemin. Peut-être aurais-tu pu mieux passer ta vie à genoux, ainsi prosterné, le front penché vers le sol, rongé par la honte, à attendre qu'un gros pied te donne un coup ; alors tu te redresseras. Mais ici, même le regard de Salem, qui brûle encore dans tes tripes te manquera. Il ne pourra jamais y avoir une autre personne pour te fouetter comme Salem l'a fait pendant toutes ces longues années solitaires qu'il a laissées derrière lui quand il est parti. Il m'a arrêté un jour, juste une semaine après leur entrée à Gaza et a lié son bras au mien :

— N'as-tu jamais voulu tirer un seul coup de feu dans une bataille que tu as manquée ?

Soudain, j'ai commencé à trembler, car j'ai réalisé que cet homme dangereux n'était qu'à quelques centimètres de moi. Mais il n'a montré aucune conscience de mon corps tremblant et a poursuivi sa pensée. « Je sais qu'ils ont tué ton père et sans doute as-tu vécu avec des sentiments d'amertume, jurant de te venger en disant "si seulement" ... ». Il s'arrêta brusquement de parler ; ses yeux se rétrécirent et le sourire disparut de ses pommettes saillantes. « Nous avons tout. Pourquoi ne nous rejoindrais-tu pas ? ». Mais le lendemain, ils nous ont ordonné de nous mettre en ligne derrière le camp. Zakaria. Zakaria. Zakaria. Je m'attendais à ce que ça vienne de lui, mais personne ne m'a cru. Ce n'est que lorsqu'ils l'ont emmené derrière le mur que je l'ai vu, de mes propres yeux, faire ses adieux à Zakaria avec un regard de mépris brûlant. Soudain, son visage prit les traits de la fierté terrifiante d'un homme qui sait qu'il va mourir sur la place publique, sous les yeux de tous, pour une cause qui force le respect. C'est alors que nous avons cessé de le regarder et avons tourné nos yeux vers Zakaria à la place. Il se tenait devant nous, ses doigts entrelacés, fixant le sol. Nous étions debout sous la pluie, écoutant le seul coup de feu qui a retenti derrière nous. Zakaria trembla en l'entendant, comme si la balle l'avait touché au ventre et il vacilla légèrement. Nous avons attendu qu'il tombe ; puis nous avons entendu le deuxième coup de feu. Comme d'un commun accord, nos yeux étaient tous dirigés vers lui alors qu'il se tenait juste devant nous. Il y eut un cliquetis de bottes et l'officier revint avec un sourire satisfait sur son visage et nous a crié :

— Rentrez chez vous, vous en avez assez vu.

Nous filâmes, découragés, en direction du camp, chacun portant sa honte personnelle.

Il rentra chez lui calme et s'assit en se mordant les lèvres. Il m'a regardée, puis est allé dans la cuisine et de là, il m'a dit : « Ils ont tué Salem et demain ça pourrait être le tour de n'importe lequel d'entre nous ! » Je l'ai suivi et l'ai regardé remplir le pichet d'eau et y boire directement. J'ai remarqué la blancheur de son

visage. Après avoir fini de boire, il s'est tourné vers moi et m'a dit :

— Ça pourrait être mon tour demain.

J'ai quitté la cuisine et je suis allée me tenir près de la fenêtre. Je l'ai senti derrière moi et j'ai dit :

— C'est ton tour ? Pourquoi ? Tu n'as rien fait de mal. Ils ont tué Salem parce qu'il est... enfin, tu connais Salem de toute façon... mais pourquoi devraient-ils te tuer ?

Elle voulait probablement me rassurer. Elle ne se rendait pas compte qu'elle me faisait encore plus honte. Je pouvais entendre sa question résonner : « Pourquoi devraient-ils te tuer ? » Une autre personne insignifiante, il n'y a pas de mal à ce qu'il mène sa vie dénuée de sens et qu'il meurt insignifiant à bon marché ici même ?

Il s'est abattu sur moi, comme si le vent avait dissout ses os à l'improviste, et il est tombé inconscient. Avec le temps il deviendra un

squelette, desséché par le soleil, immuablement
assimilé par le sable. Il sera, malgré lui, comme un
panneau indiquant la direction de nulle part.

J'ai encore cherché dans l'obscurité la forme de l'horloge qui battait en face de moi. Il devait être près de minuit. Je m'étais habitué à l'obscurité, qui s'était maintenant éclaircie de lumière grise opaque à travers lequel je pouvais vaguement discerner deux fines aiguilles qui s'approchaient l'une de l'autre sur le cadran blanc fluorescent de l'horloge. Leur rythme s'accéléra, anticipant le moment tumultueux de leur union. Je pouvais entendre Zakaria, plongé dans ses rêves, se tourner sur le côté et commencer à ronfler bruyamment. Du mieux que j'ai pu, j'ai fixé mon regard sur la grande aiguille noire rampant sur le cadran blanc, et j'ai pensé à l'effort qu'elle déploie toute la journée pour cette rencontre éphémère avec l'autre pôle qui l'attend froidement, comme un épieu suspendu au-dessus de sa tête ! Si les deux devaient se rencontrer, s'embrasser puis s'arrêter, elles mourraient sur le coup, comme tous les désirs humains qui sont gâchés par leur accomplissement. L'instant d'après, l'horloge grinça et cessa de faire tic-tac pendant une seconde, comme si elle était prête à annoncer un message calamiteux aux foules qui attendaient en silence. Alors la grande aiguille bondit pour rejoindre la petite et toutes deux furent noyées dans le battement métallique des douze coups. Le dernier coup vint comme le frisson de lassitude qui termine un orgasme. Un instant plus tard, la grande aiguille s'éclipsa et reprit son rythme solitaire dans l'obscurité. Minuit. Dans quatre heures tout au plus, l'aube va se lever et va générer une menace féroce pour tous les fugitifs. Tout à coup, cela a commencé à palpiter dans mon ventre : un léger mouvement qui a traversé mon corps pour la première fois dans un recoin, inconnu et infini. Cette petite agitation était comme le tremblement d'un oiseau emprisonné dans des mains sereinement fermées. L'instant d'après, le mouvement était si léger que je doutais qu'il s'était réellement produit, alors j'ai placé mes mains sur mon ventre ; mais il n'y eut qu'un retrait silencieux et peut-être furieux. Je l'ai appelé Hamed, puis j'ai abandonné cette idée et je me suis mise à pleurer d'un coup, sans aucune raison, à moins que ce ne fût pour toutes sortes de raisons.

Je savais d'avance ce qui allait se passer. Une petite fusée violette jaillit de derrière la colline et monta par poussées nerveuses, en traînant derrière elle une queue d'étincelles bleues. Puis, sa ruée initiale épuisée, elle explosa avec un son creux et se transforma en un nuage violet lumineux qui resta suspendu, bas dans le ciel, s'achevant en un demi-arc de fumée blanche, tracé par la trajectoire de la torche. Un nuage de condensation se forma petit à petit et s'embrasa en éclairs étincelants. Il avait soudainement éclairé le sol, le faisant apparaître plus mystérieux qu'il ne l'était et totalement irréel.

Pour la première fois depuis que je traversais le désert, un sentiment de terreur sans précédent m'a saisi. Il me sembla que la colline de sable plate devant moi, soudainement rendue distincte par la lumière, pouvait cacher un démon, un homme ou un prophète, personne ne pouvait le deviner. J'essayai de calmer mes nerfs et de contrôler les muscles de mes cuisses qui tremblaient comme un animal indiscipliné. Raisonnant, je me suis dit qu'un homme ou un groupe d'hommes, derrière la colline, avait tiré la fusée éclairante. La certitude que j'étais totalement seul a déclenché en moi un désir féroce de me battre pour la défense de ma vie et tout à coup, je me suis calmé et j'ai contrôlé le rythme de mon corps et de ma respiration. Je me suis allongé par terre, en collant la forme de mon corps, autant que je le pouvais, contre le sable. Ce faisant, il m'est apparu que si quelqu'un tire une fusée éclairante, c'est parce qu'il veut être trouvé, et cela m'a fait réaliser que j'étais face à quelqu'un dont la situation était exactement à l'opposé de la mienne. Car ici, j'appuyais tout mon corps contre le sol pour ne pas être découvert, tandis que derrière la colline se trouvait un homme qui lançait une lumière brillante dans le ciel afin qu'il puisse être trouvé. La probabilité était que nous étions tous les deux perdus.

Il ne savait rien du tout, mais le danger obscur qui l'avait si soudainement surpris éveilla tous ses instincts d'action. Il était allongé face contre terre, s'accrochant fermement à ma poitrine. Je sentais son pouls battre en moi, chaud et régulier, tandis que le calme lui transmettait, d'une distance incommensurable, le bruit de pas lourds traînés sur le sable lisse venant de derrière la colline.

Tout d'un coup, mes sens se sont réveillés. J'ai commencé à mesurer le bruit des pas qui semblaient se déplacer dans ma direction, lentement et prudemment. Pour la première fois de ma vie, j'ai vraiment ressenti le besoin d'une arme ici où l'on ne peut même pas saisir un bâton ou une pierre. La première à apparaître fut une tête au sommet de la colline, je l'ai vue plus noire que le ciel environnant. L'homme hésita un instant, comme s'il pressentait lui aussi le danger, puis se mit à gravir la colline un peu courbé. Lorsqu'il atteignit le sommet et qu'il s'y tint debout, il ressemblait à l'ombre sombre projetée par une statue de pierre, investie d'un esprit fantôme. Il a dévalé la pente, venant droit sur moi et j'ai retenu mon souffle, de peur même que cela ne résonne dans le silence tendu. Ma seule arme était la capacité de le surprendre et cela suffisait à me faire sentir que j'étais assisté par une puissance invisible. Ses pas devinrent nettement plus forts. J'ai deviné qu'il devait être armé, car un homme seul dans le désert qui porte une fusée éclairante porterait certainement d'autres armes. Peut-être était-il un soldat formé à l'art du combat en face à face. Il me semblait que s'il passait à seulement deux mètres de moi, tout se terminerait en paix. Mais il semblait foncer droit sur moi, comme s'il me visait. Soudain, il était juste devant moi ; j'ai senti le sol me précipiter vers lui et nous sommes tombés ensemble. J'ai attrapé ses bras, pressant mon corps contre lui, et j'ai immédiatement été sûr que j'étais plus fort que lui. Soigneusement et précisément, j'ai levé mon genou et je l'ai mis entre ses cuisses. Il a commencé à gémir légèrement et il a dit quelque chose que je ne pouvais pas comprendre. Ne lui laissant aucune chance de réfléchir, j'ai lâché l'un de ses bras et je lui ai jeté une poignée de sable au visage. Cela m'a donné l'occasion de le fouiller soigneusement. J'ai attrapé la petite mitrailleuse en fer qui pendait à son épaule et, je ne sais pourquoi, je l'ai jetée. Je lui ai enlevé la fusée éclairante, mais j'ai gardé son long couteau. Il prit une profonde inspiration, mais le choc l'avait complètement paralysé. Il est resté prostré comme avant et il a commencé à répéter la même phrase encore et encore. Puis il s'assit calmement et il commença à s'essuyer les yeux avec ses doigts et à cracher le sable de sa bouche. Une fois de plus, il a prononcé une phrase interrompue, qui ressemblait à une insulte, alors je lui ai dit de se taire. Ce n'est qu'à ce moment-là que, posant nerveusement ses mains sur le sable, il se mit à regarder autour de lui, stupéfait. Puis, avec une vitesse incroyable, il se redressa, serrant ses mains fermes et fines autour de mon cou ; mais lorsqu'il sentit le couteau pressé contre son ventre, il recula et regarda de nouveau autour de lui avec perplexité. Je me suis rendu compte qu'il n'avait en fait pas cédé à ma force, mais il n'avait offert aucune résistance parce qu'il se croyait victime d'une erreur ou d'une farce d'amis ; il ne pensait pas entendre soudain l'arabe parlé dans cet endroit reculé. Il lui fallut longtemps pour l'assimiler, se tenant là et tapant ses deux mains sur ses cuisses. Enfin, il s'assit, la tête entre les mains. Je me suis accroupi à côté de lui, agrippant la poignée du couteau.

Je m'étais habituée à attendre, à tel point que je sentais que je pouvais m'endormir maintenant ; mais c'était tout à fait impossible. Dans mon esprit, je le voyais comme un enfant confronté à un monde étrange et brutal, un monde comme un petit jouet brisé, dont les fragments étaient éparpillés sur une zone trop large pour que ses bras puissent l'englober. C'est alors que j'ai décidé d'aller la voir le lendemain matin, avant de faire quoi que ce soit d'autre. Je frapperais à sa porte et lui dirais : « Je suis sa deuxième femme. » Peu importe comment elle me regarderait ; je veux juste la rencontrer et voir à quoi elle ressemble, et alors je saurais comment me débrouiller avec eux deux. Il semblait inutile de s'asseoir et d'attendre. Je me suiciderais si je lui permettais simplement de m'utiliser comme un simple passage entre son école et sa maison, plantant son sperme en moi avant qu'il ne parte. Quelle attente interminable, angoissante, Maryam, et pour finir simplement en simple passage ! Quelle attente ! Ses pas résonneront sur le mur toute la nuit alors qu'ils passeront au-dessus de toi, sur le chemin de... sur le chemin de... un battement inquiétant, battement, battement, et le temps coulera entre tes doigts comme du sable. Ton long voyage se terminera, enfin, dans cette totale banalité. Un simple passage ! Tout ce que tu as toujours espéré être à toi passera à côté de toi sans laisser la moindre trace.

Ils restèrent assis dans ce vaste espace ouvert comme deux fantômes séparés par une lame. Ils semblaient irréels alors qu'ils attendaient, avec le vent glacial de la mort qui tournait autour d'eux, l'unique moment de vérité à venir, un événement qui semblait aussi lointain que leurs épaules étaient proches. Leur rencontre dans cette étendue infinie semblait, en partie un décret inéluctable du destin, en partie une coïncidence. Ils étaient tellement engourdis qu'ils ont dû s'asseoir ensemble pour l'absorber.

Enfin, je lui ai demandé : « D'où viens-tu ? »

Il leva la tête, essayant de le dévisager dans l'obscurité, mais il ne pouvait pas voir clairement les traits de l'autre homme, alors il se contenta de marmonner un seul mot et de cracher par terre.

Je lui ai donné un coup de coude avec la pointe du couteau que je tenais contre son ventre et je lui ai demandé à nouveau : « D'où viens-tu ? » Il resta silencieux, pensant calmement, puis il étendit les mains avec un geste de résignation et secoua la tête. Il marmonna quelque chose et essaya de se lever, **mais je le forçai à s'asseoir** et il s'est résigné en écartant les bras d'un air d'impuissance. **J'ai essayé de rester calme. « Est-ce que Al-Dhahriyah est loin d'ici ? » lui demandai-je,** mais il haussa les épaules et écarta les mains devant lui.

C'est alors que je me suis souvenu de l'incident de la fusée éclairante. Sans doute supposait-il qu'une patrouille se trouvait à proximité. J'ai tout de suite regretté d'avoir jeté la mitrailleuse, mais de toute façon je ne savais pas comment m'en servir, et peut-être que c'était mieux ainsi, car son bruit est digne de faire un bruit qui ressemble au tonnerre dans ce silence total, ce qui aurait atteint les confins du désert. Je me suis retrouvé avec un otage, sans savoir où l'emmener ni comment profiter de sa présence. À la réflexion, il aurait peut-être été préférable de le tuer immédiatement lors de notre première courte lutte, mais c'était impossible maintenant, c'était au-delà de mes moyens et tout à fait futile de toute façon. Je pouvais sentir sa proximité et l'entendre respirer à mes côtés. Il avait l'air fatigué, perdu et confus, mais il était toujours alerte, comme un homme attendant qu'un miracle surgisse entre ses pieds. Soudain, les longues heures de la nuit me

parurent être un mauvais rêve assez lent, incroyable, un état d'insomnie, une projection dans un monde de cauchemars brutaux. Une fois de plus, je me suis retrouvé face à une situation à laquelle je ne pouvais pas faire face, une situation difficile qui m'a d'abord fait sourire, puis m'a soudainement fait éclater de rire.

Zakaria se retourna et me regarda. Puis, il se rendormit comme s'il se sentait lui aussi plongé dans un rêve insensé.

Peut-être que tu ne connais que l'hébreu, mais cela n'a pas d'importance. Mais vraiment, n'est-il pas étonnant que nous nous rencontrions de manière si spectaculaire ici dans ce vide et que nous découvrions ensuite que nous ne pouvons pas communiquer ? Il a continué à me regarder avec son visage sombre et hésitant et quelque peu soupçonneux, mais il n'y avait aucun doute qu'il avait peur.

Quant à moi, j'avais franchi la barrière de la peur et les émotions que je ressentais étaient étranges et inexplicables. **En tout cas, tu ne peux pas rester éternellement un fantôme. Nous devons te trouver un nom et un but. Nous avons tout le temps pour ça. Au moment où ils te trouveront avec leurs chiens et leurs fusées éclairantes, nous aurons fini de te créer, puis te tuer deviendra un acte d'une certaine valeur.** Seule l'une de nous peut rester, elle ou moi. Le diable lui-même aurait du mal à vivre entre vous deux. Vous êtes deux illusions, les deux moitiés d'une meule dans laquelle je serai écrasée.

Recommençons. Quel est ton nom ? C'est inutile, je sais ; même si tu pouvais comprendre ce que je dis, tu ne dirais pas la vérité. Nous tournons dans un cercle vicieux et le temps ne peut pas jouer contre nous deux de la même manière. Ils sont peut-être plus proches de toi que je ne le pense, mais je suis plus proche de toi qu'ils ne le pensent. C'est, comme tu le vois, une

question de distance et peut-être aussi de temps. Mais je ne me soucie pas trop du temps et quant à la distance, elle est en ma faveur car tu es plus près de la lame de mon couteau que je ne le suis du canon de leurs fusils. Il y a un autre fait important dont tu dois tenir compte, c'est que te tuer ici, à quelques pas d'eux, peut-être même à la lisière de ton camp, est bien plus important que d'être tué moi-même, car je suis un solitaire ennemi désarmé qui a fait irruption dans ta forteresse. Tout est assez relatif ici et c'est aussi à mon avantage. Il y a quelque chose d'étrange à ce sujet, car il y a encore peu de temps, tout dans l'univers était complètement contre moi. Tout ce qui se passait à Gaza ou en Jordanie fonctionnait à mon désavantage, et je me tenais ici, à cet endroit même, au pire endroit où je pouvais être, entouré d'ennemis de toutes parts. Alors laisse-moi te dire quelque chose d'important. Je n'ai

plus rien à perdre maintenant et tu n'as donc aucune chance de m'utiliser à ton avantage.

Si seulement je pouvais lui faire comprendre que je ne suis pas contre elle et qu'elle n'a rien à voir avec ce qui s'est passé. Mais à quoi servent les mots, maintenant que je suis devenue la deuxième épouse assise sur les genoux de son mari ? Jour et nuit, je serai la cible des commérages des femmes du quartier. Ils diront : « C'est elle qui a volé le mari de Fathiya. La pauvre femme a cinq enfants de lui ; tu peux les voir tous là, courir et jouer sous les yeux de Dieu et des hommes. » Et toi, que diras-tu ? Toi, toi, toi, qu'est-ce que je représenterai pour toi, Zakaria ? Ils diront : « Son frère a failli perdre la raison et il s'est enfui honteux. » Elle a eu son premier enfant avec lui cinq mois à peine après son mariage, quel scandale ! Ils peuvent tous aller en enfer, mais toi, toi, qu'est-ce que tu vas leur dire ? Ils diront aussi : « Il l'a épousée gratuitement. Elle était pleine de jeunesse et de désir et elle a une maison avec deux chambres, deux lits et une poêle à frire... Il a réussi à chasser son jeune frère qui a disparu on ne sait où. » Menteurs ! Mais toi, que diras-tu Zakaria ? Comment vas-tu me défendre, maintenant que je suis toute seule et que tout le monde est parti ? Que diras-tu ?

L'obscurité commençait à se dissiper et une fine ligne régulière de brume grise se redressait à l'horizon. Les étoiles semblaient lointaines et moins brillantes. Le silence oppressant lui inspira un sentiment renouvelé de peur et il commença à regarder autour de lui. L'immobilité avait ouvert sous lui un gouffre sans fond et le temps était devenu son ennemi. Hamed était immobile et semblait résolu à rester sur place jusqu'au bout. Il était supérieur à son captif parce que, comme moi, il n'attendait rien. Pour moi, il représentait la permanence et non l'éphémère. Lui, bien sûr, était perdu, mais cela ne signifiait rien pour lui : non pas parce qu'il n'était pas conscient de sa situation mais parce qu'il ne voulait plus aller nulle part. Depuis le début de la nuit, il avait été férocement assiégé, dans ce seul endroit restant, jusqu'à ce qu'il soit devenu son royaume.

Soudain, je me suis souvenu de lui, je me suis retourné et j'ai dit : « Connais-tu un homme de Gaza appelé Salem ? » Il continua à regarder le sable entre ses pieds et ne dit rien. J'ai donc décidé de lui faire un choc. « En plus, » dis-je, « c'est peut-être toi qui l'as tué. Quoi qu'il en soit, nous laisserons cela à la lumière du jour pour le révéler ». Ce n'est qu'alors qu'il a répondu. Il a commencé à parler sans pause. Il semblait à la fois en colère et nerveux, jetant ses bras autour de lui, pointant parfois devant lui et parfois derrière. J'ai enfoncé la pointe du couteau dans son flanc en guise d'avertissement et quand il s'est calmé, j'ai dit : « N'utilise pas ta voix pour rattraper cette fusée éclairante que tu as perdue. Quoi qu'il en soit, je ne comprends pas un mot de ce que tu dis, alors pourquoi gaspiller ton temps ? »

L'horloge sonna deux heures, puis se tut une seconde, avant que ses pas solitaires ne recommencent à battre dans ma tête et marquent leur heure sur le mur. Tu m'as donné ce cercueil, tu l'as dressé en face de moi pour que je puisse t'y enterrer ; mais ce sont tes pas qui l'entoureront encore et c'est moi qui y serai ensevelie. Même alors, tes pas continueront à battre autour et au-dessus de lui pour toujours. Ce petit cercueil suspendu au-dessus, avec le temps, nous contiendra tous. Et au-dedans, tes pas continueront de nous broyer. Tu resteras seul à l'extérieur, accomplissant ton voyage sans fin. Sans fin ? Dieu ! Personne d'autre que toi ne peut le savoir.

Tout à coup, il ôta sa ceinture et commença, avec beaucoup de soin, à attacher les mains de l'autre homme derrière son dos. Il ne rencontra aucune résistance. Quand il eut fini, il retourna à sa place et s'assit avec le couteau sur ses genoux, enfouissant sa tête entre ses mains. Un vent froid commença à souffler sur la colline, perçant silencieusement ses défenses, de sorte qu'il ramena ses jambes contre sa poitrine pour se protéger. Un rugissement étouffé s'éleva au loin et malgré l'approche de l'aube, l'obscurité prédominait toujours. Il se leva et scruta l'horizon à la recherche d'un signe ; puis, quand il revint, il commença à vider les poches de l'autre homme.

Lorsque mes doigts trouvèrent son portefeuille, je le sortis et examinai son contenu. À cause de l'obscurité, il était difficile de juger de la valeur des papiers qu'il contenait, alors j'ai fourré tout le portefeuille dans la poche de ma chemise. Il continua à me regarder distraitement, espérant toujours qu'un miracle se produise, mais à tout moment, j'en étais sûr, il se rendrait compte que la délivrance qu'il attendait signifierait sa mort au moment où elle arriverait. Je ne savais pas comment il accepterait cette évidence, à laquelle il n'y avait pas d'échappatoire. Soudain, il sembla entendre le rugissement au loin, car il se redressa, regardant d'abord autour de lui, puis vers moi. Ce n'est qu'alors que j'ai brandi le couteau, pour lui faire comprendre le genre de miracle auquel il pouvait s'attendre et il s'est recroquevillé de nouveau à sa place. L'instant d'après, quelque chose de surprenant se produisit. Je me tenais là et il était blotti juste à mes pieds, quand j'ai imaginé que tout dans ce désert silencieux, chaque grain de sable, chaque courant d'air, chaque étoile ponctuant la carte des ténèbres nous regardait tous deux avec la même intensité avec laquelle nous avions fixé nos yeux sur Zakaria, prosterné aux pieds de l'officier, en attendant le moment terrible de la mort. Salem se tenait avec nous en ligne droite, sa tête bourdonnant comme une ruche d'abeilles furieuse, et avant que nous ne sachions ce qui se passait, Zakaria criait : « je vous montre Salem ! » Salem lui avait épargné le rôle complet de traître en avançant fermement de trois pas et en se tenant là. Le désert a explosé silencieusement sous ses pieds condamnés et les années dévastatrices de silence se sont abattues sur moi. « Pourquoi devraient-ils te tuer ? ». Salem est venu et m'a pris par le bras : « Nul doute que tu as passé ta vie à attiser ta vengeance en disant "si seulement !" Viens avec moi maintenant. » Son bras nu glissa et pendit sous les deux manteaux trempés de sang pendant que les hommes le soulevaient dans les escaliers. Il se balançait d'avant en arrière comme s'il invitait l'observateur à le suivre. De l'autre côté du mur en ruine, nous avons entendu un seul coup de feu et Zakaria s'est effondré, comme si la balle avait été tirée de nos yeux qui étaient silencieusement fixés sur lui. Puis la mère de Salem est venue vers moi : « J'y suis allée la nuit, mais je ne l'ai pas trouvé. Ils l'ont enterré en secret. Ne sais-tu pas où ? Mon fils ! Mon cœur ! Ma raison de vivre, tout ce qui me restait. » Une barque à moitié chavirée a commencé à se battre à la surface d'un monde noir et flamboyant. Où l'ont-ils enterré ? Ma mère avait emporté ce secret avec elle et nous avait quittés. C'était tout ce qui lui restait. Tout ce qui vous restait à tous. Tout ce qui me restait. Le bilan des restes, le bilan des pertes, le bilan de la mort. C'est tout ce qui me reste au monde, un passage de sable noir, un bac entre deux mondes perdus ; un tunnel bloqué aux deux extrémités. Tout cela différé, tout cela irrévocablement différé. Puis il claqua la porte, enleva ses chaussures et s'assit comme si la maison lui appartenait. Si j'avais possédé une cabane en bois et un mètre carré de terrain à moi, je l'aurais pendu. Quant à elle, elle n'a jamais dit un mot ; elle m'a laissé partir sans un mot, sans m'appeler une seule fois !

Sans savoir pourquoi, j'ai commencé à trembler. Il lui est arrivé quelque chose à ce moment précis ; mais si j'avais réveillé Zakaria et lui avais dit : « Quelque chose de terrible arrive à Hamed en ce moment même », il aurait dit que

j'étais folle. Sur un coup de tête, je sortis du lit et me dirigeai à tâtons vers la cuisine. Le silence était pesant dans la maison et je pouvais entendre le tic-tac régulier mais résolu de l'horloge à travers la porte. J'ai bu de l'eau, juste pour faire quelque chose, puis j'ai ouvert tout doucement la porte et j'ai regardé l'escalier sombre. Puis je suis allée à la fenêtre et j'ai regardé dans la rue. Une scène silencieuse et déserte s'offrit à mes yeux, pâle sous les lampadaires, et je suis retournée à la cuisine. Encore une fois, je l'ai senti bouger avec ce petit mouvement furieux qui était fugace mais inoubliable. Je m'arrêtai, appuyée contre la porte, et je l'ai appelé Hamed. J'ai commencé à pleurer. Un vent froid est venu par la fenêtre ouverte et m'a fait frissonner. Je retraversai la pièce pour trouver de quoi me couvrir et en m'approchant du lit j'entendis sa respiration lourde et régulière. « Me laissera-t-il appeler l'enfant Hamed ? ». Je me suis demandé, et en ramassant une couverture, je me suis demandé à nouveau si Hamed autoriserait le fils de Zakaria à porter son nom. Je suis retournée à la cuisine et j'ai allumé le gaz, décidant de boire une tasse de thé qui me réchaufferait, moi et l'enfant. Alors que je fixais la flamme bleue flamboyante, une horrible pensée m'a traversé la tête : « Pourquoi devrais-je l'appeler Hamed ? » Aucun d'eux ne pouvait supporter la vue de l'autre. Hamed a toujours qualifié Zakaria de « fumier » ; c'était le seul mot qu'il ait jamais utilisé. Et Zakaria, de son côté, l'appelait toujours « le gamin », car il ne voyait Hamed que comme quelqu'un qui avait refusé d'affronter la vie et de gérer ses affaires. Alors, pouvait-on seulement envisager de les réunir à nouveau ? Les deux semblaient incompatibles et la conséquence de leur rencontre était fatale. Je me suis souvenu aussi que Zakaria n'avait jamais voulu cet enfant, un paquet de cris d'enfer qui me transformerait en bouteille de lait, et qu'il espérait toujours que je m'en débarrasserais d'une manière ou d'une autre. Ô Dieu, comment le destin peut-il faire fonctionner les choses d'une manière aussi terrible ? Comment peut-il ? Hamed s'est approché derrière moi avec son calme habituel, s'est assis à l'envers sur une chaise et a appuyé ses bras sur le dossier : « Tu fais un thé merveilleux... Y en a-t-il pour moi aussi ? » Je lui ai passé sa tasse et il a commencé à la siroter à grand bruit pour ne pas se brûler les lèvres. Il était venu dire quelque chose après les jours de silence renfrogné. Je ne l'ai pas regardé directement. Je voulais le laisser libre de dire ce qu'il voulait. Il m'a dit ce qu'il avait en tête sans aucun préliminaire : « Eh bien... tu ne peux pas t'en débarrasser d'une manière ou d'une autre ? Tu ne réalises pas que tu portes un bâtard ? » Je n'ai pas répondu. Il a dû réaliser à quel point il avait abordé le sujet avec acharnement, car il s'est levé et m'a carrément fait face : « Je n'ai aucun moyen d'arrêter ce mariage, d'ailleurs vous deux avez fait les choses contre ma volonté... mais... » Il s'arrêta de nouveau, s'éloigna, puis il reprit dans mon dos : « Laisse-moi te donner quelques conseils solides. Crois-tu vraiment qu'un enfant qui grandira dans l'ombre d'un homme comme Zakaria mérite de vivre ? » Il hésita une seconde, puis ajouta le terme insultant auquel je m'attendais : « C'est un fumier. » J'ai serré les dents et je suis partie. Il m'a suivie en me tirant par le bras, sa voix s'élevant. « Peu importe ce que je dis, tu l'épouseras dans quelques heures. Mais même si tu es prête à te détruire et à perdre ton mariage, essaie au moins de ne pas perdre l'enfant... La seule façon pour toi de ne pas le perdre est de t'en débarrasser maintenant...». Il m'a quittée, a dévalé les escaliers et a claqué la porte avec colère. Tout ce qui reste. Tout cela vous reste enfin à tous. Alors que nous reste-t-il, fantôme silencieux et en colère ? Ma vie et ta mort sont imbriquées d'une manière qu'aucun de nous ne peut démêler. Qui peut savoir comment les choses seront finalement résolues ?

Une brise se leva, soulevant un coup de fouet de sable bas et fin qui leur frappa les pieds. Elle couvrait tout sur son passage, les traces de pas et la mitrailleuse abandonnée. Puis elle se précipitait vers le sud : j'ai procédé de la sorte pour leur rappeler à tous deux ma présence, que j'étais la force dominante dans leur attente amère. Alors que le sifflement du vent emportait dans l'obscurité un mouvement violent, froid et tourbillonnant, les deux hommes prirent conscience de cette immensité solide de l'espace qui les entourait de tous côtés, qui s'étendait plus loin qu'ils ne pouvaient l'imaginer et plus profondément qu'ils ne pouvaient le calculer. La terreur ! L'air transparent qui emportait une multitude de surprises, côte à côte. Et les humeurs de mon corps éternel, l'amour et la haine et le refus d'oublier. Le temps lui-même était

enraciné dans mes profondeurs. Amour et silence.
Violence et colère. Mais avant tout et surtout : la
soumission.

Je me tenais devant la fenêtre de la cuisine, sirotant le thé chaud, alors qu'une charrette cassée roulait lentement au bas de la route avec un petit âne qui la tirait. Le chauffeur s'était endormi et se balançait au rythme de la charrette. L'âne a suivi une trajectoire tortueuse, reniflant la route et trouvant de temps en temps quelque chose à manger. Les deux semblaient, dans leur voyage résigné, dériver sur un courant dangereux qui les menaçait tous les deux. Le claquement des sabots lointains se confondait, dans mon esprit, avec le tic-tac de l'horloge sur le mur du fond, car il décrivait un autre cercle. Elle aussi était alimentée par un courant qui ne pouvait être ni contrôlé ni sondé jusqu'à ses profondeurs. Hamed s'éloignait et s'éclipsait. Pendant un moment, j'ai perdu ses traits et en vain j'ai essayé de les récupérer dans mon esprit, tout comme sa présence s'était dissoute lorsque la porte s'est refermée derrière lui et que le bruit de ses pas s'est éloigné dans l'escalier. Il faisait partie de ce ressac qui coule sous nos vies et qui, insensible, nous transporte minute par minute à travers ces jours insignifiants qui flottent à sa surface, sa puissance nous orientant imperceptiblement vers un avenir inconnu. Soudain, j'ai réalisé que j'avais les yeux écarquillés, scrutant l'obscurité depuis la tombée de la nuit, transportée sans être découverte dans ses bras musclés, à la dérive comme un marin sur un navire dont le gouvernail a été brisé par les vagues et doit maintenant explorer des mondes étranges que le courant l'avait forcé à traverser inconsciemment. Cela avait été une terrible illusion de supposer que, quand il serait vraiment parti, je dormirais toujours tandis que ses pas s'imprimeraient dans mes yeux, nuit et jour. "Je t'écrirai si jamais j'y arrive." Mais je savais que pendant un temps indéterminé il resterait suspendu entre moi et sa mère ; peut-être pour toujours. Il enjamberait nos deux corps dans ce monde indéterminé de temps et de distance qui nous sépare par le gouffre de l'inconnu. Mais malgré tout, il resterait ici tant que Zakaria serait là. J'entendais maintenant le bruit de ses pas raclant le sol comme s'il portait des chaussures en liège. Il s'est arrêté une minute dans l'autre pièce, puis il est entré dans la cuisine et il s'est tenu derrière moi :

— Je pensais que tu étais partie ! Qu'est-ce qui ne va pas ? Tu n'as même pas dormi un instant. Que se passe-t-il ? Penses-tu toujours au gamin ?

— Quelle heure est-il maintenant ?

— Je ne sais pas ! Penses-tu que je regarde l'horloge pendant que je dors ?

Ses mouvements étaient hésitants ; il s'avança comme quelqu'un qui vérifie un endroit. Puis il s'arrêta et regarda par la fenêtre, d'abord la route, puis le ciel noir accroupi au-dessus des toits bas et des masures de boue en face.

— Ce sera bientôt l'aube... Qu'est-ce qui t'arrive ?

— Je ne peux pas dormir, je ne peux pas ... ses pas remplissent ma tête, ils ne s'arrêtent jamais.

— Les pas de qui ?

— Ses pas, ceux d'Hamed. Tu l'as oublié ?

— Tu es folle ! Est-ce que tu écoutes ses pas ?

— Je les entends, te dis-je. Ils suivent le rythme de chaque battement de l'horloge. Il ne t'est pas venu à l'esprit qu'il...

Je m'interrompis en le regardant. Il avait l'air raide et inaccessible et semblait ne pas avoir vu l'horloge. J'ai recommencé à regarder par la fenêtre, mais la main qu'il a posée sur mon épaule m'a retenue et j'ai été forcée de me retourner et de lui faire face. Son ton était doux, comme s'il s'adressait à un enfant :

— Écoute Maryam, si cette maudite horloge t'empêche de dormir, alors je te dis ce que nous allons faire. Tu ne réalises probablement pas que si nous l'inclinons un peu sur le côté, son pendule s'arrêtera. Tu aurais dû me le dire depuis le début de la nuit. Viens voir. Puis il se retourna pour sortir mais je m'étais mise en travers la porte de la cuisine pour l'empêcher de passer. Il s'est arrêté et il m'a regardée avec étonnement.

— Non, ce n'est plus la peine. Quoi qu'il en soit, je ne peux plus dormir, c'est trop tard... Enfin, ce n'est pas uniquement l'horloge qui bat... mais...

Je me tus un instant. Il me regardait, le visage immobile et étonné. Je ne pus m'empêcher de lui montrer mon ventre tout en baissant mes yeux et j'ai continué :

— Lui aussi bouge !

— Lui ?

Je guettai sa réaction : les bras allongés à ses côtés, il ouvrait et fermait ses poings involontairement comme s'il s'apprêtait à livrer un combat mystérieux et mortel. Ça m'est resté en travers de la gorge.

— Oui, lui, ton fils. Il a bougé pour la première fois, il m'a fait deux coups tout à l'heure.

Il recula de quelques pas et je l'ai regardé bien en face. Il fronçait les sourcils et deux rides profondes comme des cicatrices lui barraient le front. Puis il s'est retourné, le dos légèrement courbé, et il s'est dirigé lentement vers la fenêtre. Il se tenait là, les mains derrière le dos, en silence. Par la fenêtre, un ciel immense s'élevait au-dessus du bidonville, laissant une fine ligne de brume grise se levait à l'horizon. J'ai entendu l'horloge sonner trois coups étouffés, avant que ses pas solitaires ne recommencent à battre de nouveau ses tic-tac rythmés et déterminés. À ce moment-là, il m'a semblé que ces battements étaient les voix du silence. Un silence n'est pas sans bruit, sinon il ne le serait pas. Comme dans certains cas, il nous est possible de l'écouter et de le sentir dans

112

l'éloignement, la solitude et l'inconnu. Je n'aurais pas été surprise si je l'avais vu me tourner le dos en maugréant, mais je n'arrivais pas à comprendre son air étonné. D'autant plus qu'il savait tout. Les battements de l'horloge étaient entre nous comme des coups de feu échangés. Je n'en pouvais plus d'attendre, attendre qu'il se retourne et me dise quelque chose, finalement je me suis entendue prononcer quelques mots timides et coupables.

— Il est difficile de nous en débarrasser maintenant.

Il lui a brièvement répondu :

— Je sais !

Il s'est retiré dans le silence et un gouffre d'appréhension nous a divisés comme un coin de fer, pas un pont ou un mur, juste une barre de fer froide suspendue dans l'air. Les serres de la nuit avaient lâché prise sur les toits du camp et le ciel commençait à s'élever lentement comme un lourd aigle à l'instant de s'élancer. Pendant un bref instant, tout l'avenir jaillit dans mon esprit sous la forme d'un éclair qui illuminait l'inconnu terrifiant. J'ai commencé à trembler. J'ai senti son absence comme insupportable et c'est ce qui m'a rendue impatiente. J'ai attendu. J'ai attendu. Il me semblait effrayant que nous attendions sa parole, debout là, tous les deux, moi et l'enfant qui était caché, recroquevillé dans mon ventre. Sans prendre la peine de se retourner, il se mit à parler d'une voix lente et sourde. Je dus m'efforcer d'écouter sa voix qui ondulait entre nous, comme s'il ne s'adressait pas à moi directement, mais plus aux objets qui nous entouraient, étrangement baignés de lumière gris plomb.

— Un sixième enfant ? Un sixième ! Peux-tu imaginer ça ? Est-ce que tu attends de moi que je saute de joie ? C'est le sixième enfant ! Je t'ai assez dit que tu devrais t'en débarrasser, mais tu persistes à penser qu'il est quelque chose de spécial pour le monde.

Il s'interrompit comme s'il s'était arrêté à une virgule dans un livre qu'il lisait lentement.

— Et que penses-tu que les gens vont dire ? C'est un autre scandale. Un enfant après seulement cinq mois de mariage !

Il se tenait là, furieux, s'efforçant de mettre de l'ordre dans ses pensées, exposant ses raisons en phrases saccadées. J'avais peur qu'il ne plonge dans d'autres plaintes, mais il a continué, obsessionnellement, dans le même sens.

— Six bouches à nourrir et deux femmes. J'aurais besoin d'un miracle pour le faire ! Vous êtes toutes les mêmes ! Vous croyez qu'un enfant vous liera à un homme pour la vie, que ce morceau de chair le lie à vous ! Mais, je te le dis, tu te trompes. Un homme qui a déjà cinq enfants s'en fout complètement.

Il se retourna pour me faire face. La lumière terne suspendue au bord du ciel derrière lui dessinait ses épaules et augmentait l'obscurité de son visage. Il fit un pas en avant, puis s'arrêta.

— Si seulement ce maudit gosse, Hamed, était encore là...

Instinctivement, comme poussée par une force invisible, je levai les mains et pressai contre mes oreilles, puis les y maintins avec toute la force que je possédais. Sa voix s'est réduite à un murmure. Il se tenait devant moi, agitant les bras, exprimant ses diverses émotions de colère et de chagrin.

Il s'est avancé de quelques pas. Ses lèvres se déplaçaient à une vitesse croissante, tandis que sa voix s'écrasait contre les objets environnants, rebondissant sans bruit pour être aspirée dans cette lumière grise et douloureuse qui ressemblait à la surface d'un marais humide. En face de lui, une autre voix a jailli du fond de mon corps, résonnant dans ma tête comme le hurlement d'un chien blessé, emprisonné sous un tonneau métallique vide : "On ne pouvait plus s'en débarrasser maintenant, on ne pouvait plus s'en débarrasser maintenant." Pendant que je me tenais là, j'ai réalisé clairement que je ne pouvais pas me débarrasser de Zakaria maintenant, ni lui ne pouvait se débarrasser de moi. Il ne me restait plus qu'à passer le reste de mes jours à me boucher les oreilles et à me mordre les lèvres en attendant le bout du chemin. Hamed s'éloignait de plus en plus, ses pas obstinés martelaient impitoyablement nos fronts. La distance entre nous a disparu et il ne restait plus que l'écho de ses pas obstinés à l'infini. Il m'apparaissait comme le dernier train qui quitte une gare déserte. Il nous a laissés sur le quai, abandonnés, à écouter le silence qui appartient aux lieux d'exil, de solitude et d'inconnu. Le silence qui bat. Qui bat. Qui bat.

Soudain, l'éclat de la lumière rendit le désert endormi, couché sous les dunes plates et sans fin, plus silencieux et plus patient. Je pouvais à nouveau sentir le sang couler dans mes veines. Il s'était effondré à mes côtés, épuisé, incapable

d'empêcher sa tête de tomber sur sa poitrine. Puis il ouvrit les yeux, prit une profonde aspiration et essaya de se lever ; mais il n'y arrivait pas. Il s'est mis à me regarder et, pour la première fois, il a essayé de parler. Froidement, j'échangeai un regard avec lui et commençai à passer la lame du couteau sur le bord de mes chaussures. Le bruit de la lame émit un long cri. Pendant un bref instant, je fus véritablement capable de le voir et de regarder dans les profondeurs de ses yeux noirs brillants. L'obscurité s'était accrue par le flot de lumière grise et terne qui nous submergea tous les deux. J'ai pu cependant lire dans son expression une véritable peur et une attente désespérée et misérable. Comme s'il sentait ma petite victoire, il ferma les yeux et quand il les rouvrit, c'était pour regarder le sol derrière moi. Il essaya de ramper sur ses fesses, puis il tendit la tête et dit quelque chose en désignant une gourde en métal à deux pas de moi qui était

118

apparemment tombée de lui au milieu de la lutte ; mais je n'ai pas bougé. Je lui parlai lentement en m'efforçant de lui faire comprendre : « Tu vas mourir de soif. » Mais il continua à pointer sa tête en direction de la flasque en métal, indiquant par là qu'il était vraiment assoiffé. Je l'ai ramassée et l'ai secouée contre mon oreille pour entendre le peu qu'il contenait. Sans l'ouvrir, je l'ai jetée dans le sable. Je le regardai et ses lèvres entrouvertes tremblaient de rage impuissante ; je lui ai répété encore une fois : « Tu vas mourir de soif. » Une fois de plus, il a tenté de l'atteindre en rampant sur le dos, se propulsant vers l'avant par les talons de ses bottes. Je lui ai permis de s'approcher de la flasque, puis je l'ai ramené à sa place par son col. « Tu vas mourir de soif ». Directement derrière lui, le disque violet du soleil affleurait au-dessus de l'horizon plat. Une soudaine vague de terreur a déferlé sur le sable, nous a balayés, et nous nous sommes tous les deux tournés pour regarder la flasque d'eau. Nos yeux se rencontrèrent à nouveau et la couleur noisette des siens devint apparente. Éclairé par les rayons brûlants du soleil, son visage ressemblait à celui d'un malade. Du duvet avait poussé sur le bas de son menton et ses joues. Les bras puissants qui sortaient des manches de sa chemise étaient recouverts d'un fin duvet blond.

Comme il me regardait à son tour, je sortis ses papiers de ma poche et m'efforçai en vain de leur donner un sens. Puis j'ai examiné la photo sur sa petite carte d'identité. Il avait l'air plus jeune que sur la photo ; ses cheveux étaient séparés sur le côté et son large sourire lui donnait un air comique. Son nom était écrit sous la photographie en hébreu. Je poussai la carte devant ses yeux en lui montrant l'endroit où son nom était écrit, mais il secoua violemment la tête en pinçant les lèvres. J'ai souri et lui ai dit : « Tu peux le garder ton secret. » J'ai parcouru le reste de ses papiers mais je n'ai rien trouvé d'important. Puis je suis retourné à sa carte d'identité et dans un petit tampon lilas en bas, près de ce qui était évidemment quelque chose en hébreu, je distinguai le mot "Jaffa" écrit en lettres latines distinctes. J'ai soigneusement plié les papiers et je les ai mis dans la poche de mon pantalon. Puis je pris une nouvelle position et m'assis face à lui. Avec une majesté lente et inexorable, le soleil montait déjà dans le ciel, même si sa chaleur était encore modérée. L'homme m'a regardé avec prudence et appréhension, comme s'il essayait d'élaborer mon plan, mais il ne pouvait certainement pas le faire, car je n'étais toujours pas sûr de ce que j'avais l'intention de faire. Je l'ai laissé m'étudier jusqu'à ce qu'il ait concentré toute son attention sur moi, attendant que je bouge ou que je dise quelque chose ; puis je lui ai dit : « Allons, sois sage et parlons de Jaffa. Cette attente silencieuse va nous effrayer tous les deux. » Mais il continuait à me fixer de ses yeux fatigués et étroits comme s'il ne comprenait rien. « Dis-moi, qu'est devenu ce quartier, dans la partie de la ville, qui s'étendait entre la mosquée de Shaikh Hasan et les bains juifs incendiés d'al Manshiya ? ».

Soudain, et sans savoir exactement pourquoi, j'ai senti qu'il me comprenait parfaitement, qu'il suivait de près mes paroles et attendait le résultat de tout cela... « Cela pourrait être une conversation instructive, poursuivis-je, car je connais très bien ce quartier. Nous vivions là-bas ». Mais l'effort semblait futile, en tout cas en ce qui le concernait. Tout ce que j'avais l'intention de faire, c'était de lui faire comprendre qu'il n'y avait rien qui méritait son intérêt, que je n'abritais aucun plan caché et que, si nécessaire, nous resterions là jusqu'à... jusqu'à quoi ?

Au loin, un vent léger sifflait et commençait à soulever le sable qui courait vers nous. Quand il nous a atteints, il nous a submergés par une première vague de chaleur. Il a recommencé à s'agiter. Je me suis levé et j'ai scruté les quatre horizons qui nous entouraient comme des murs. Et pourtant cet étranglement n'était qu'une étendue de sable, un désert silencieux et lointain baigné de soleil et de désolation. Directement devant nous, le disque enflammé du soleil semblait suspendu dans un très haut mur gris, et une fois de plus je m'assis à côté de lui et étendis les mains pour indiquer que nous ne pouvions rien faire. Mais au lieu de regarder mes mains, il a gardé ses yeux rigides fixés sur la lame d'acier du couteau qui reposait entre mes pieds et scintillait à la lumière. Je l'ai ramassé et j'ai de nouveau frotté la lame contre la semelle de mes chaussures, lui faisant émettre un son d'avertissement comme un gémissement final.

Ce n'est qu'alors qu'il m'a regardé dans les yeux et encore une fois, j'ai vu sur son visage cet air de terreur impuissante. Alors je compris que j'étais capable, à tout moment, de lui trancher la gorge sans un seul tremblement ; et que, stimulé par la lueur terrifiée dans ses yeux, le crissement de la lame du couteau contre mes chaussures et le soleil ardent fouettant impitoyablement ma nuque, ce moment arriverait inévitablement. Et juste derrière lui, l'horizon de sable ressemblait, avec le ciel blanc en toile de fond, à une scène où, au son d'une cloche, des voitures, des chiens et des hommes armés portant des mitrailleuses noires apparaissaient soudainement. Mais ils resteraient figés dans leur ruée, réalisant qu'ils étaient en fait le public devant une scène vide et que le drame se déroulait devant eux.

Il me prit à nouveau par les épaules et me fit pivoter violemment pour lui faire face. J'ai gardé mes mains collées sur mes oreilles. Tout était silencieux et je pouvais voir ses lèvres remuer avec véhémence sur le visage fatigué et furieux qu'il présentait ; mais je n'ai rien entendu. Il a semblé s'en rendre compte, car il a attrapé mes poignets dans ses mains fortes et m'a tirée les bras le long de mes côtes. Le bruit du monde est revenu dans mes oreilles. Prise dans la confusion du bruit, l'horloge accrochée en face du lit se mit à sonner, son carillon traversant le couloir de la cuisine où nous nous tenions avec colère, face à face, le lendemain de notre mariage. J'ai oublié de compter les coups, car ils ont fusionné avec sa voix forte. Les deux sonnaient ensemble comme le claquement d'énormes cymbales battant contre mon crâne.

— Penses-tu que je t'ai épousée pour avoir un fils, espèce de pute ?

Un voile épais, maintenant mes yeux fermés, est tombé et j'ai senti le flot ininterrompu de larmes couler sur mes joues. J'ai essayé de libérer mes poignets de sa poigne de fer, mais il ne voulait pas relâcher sa prise. L'instant d'après, un mince rayon de soleil entrait par la fenêtre derrière moi et, tombant sur son visage, le coupait en deux, faisant paraître sa colère ardente encore plus violente.

— Écoute-moi, et tu ne diras pas que je ne t'ai pas prévenue : si tu ne peux pas avorter de ce petit bâtard…

Sans avertissement, j'ai commencé à crier à tue-tête, essayant de le noyer avec un volume insupportable. Pourtant, je n'ai pas pu le faire taire et sa voix a explosé dans mon oreille : « Si tu ne peux pas avorter, alors tu es divorcée...divorcée...divorcée. Entends-tu ? Divorcée. » Ma gorge se noua immédiatement et un silence amer régna dans la pièce.

Un chien a commencé à aboyer, et peu de temps après, le bruit venait de toutes les directions dans une longue séquence d'aboiements. À travers tout cela, je pouvais

entendre un rugissement diabolique, mais il était impossible de déterminer la direction d'où il venait...

Soudain, il bougea pour la troisième fois. Le petit double mouvement à l'intérieur de moi ressemblait à un frisson, puis il descendit vers mes cuisses et mes genoux. Je fermai les yeux un instant. Puis il reprit, impitoyablement :

— As-tu entendu ce que je t'ai dit ?

Il m'a secouée à plusieurs reprises, répétant :
— Dis-moi que tu as compris.
Brusquement, il m'attira vers lui puis me poussa contre le mur. Avant qu'il n'ait pu faire demi-tour, je l'avais percuté.

Avec sa longue lame incandescente, le couteau a brillé devant moi...

Le mur m'a renvoyée sur la table, telle une poupée en caoutchouc. Mes poings attrapèrent le couteau, chaque main appuyant sur le manche, tendue et sûre de son but. Nous nous sommes précipités ensemble dans une confrontation frontale, chacun regardant l'autre droit dans les yeux. La lame sortait de mes mains étroitement fermées.

Je l'ai sentie plonger en lui alors que nous nous heurtions.

Il poussa un long gémissement et essaya de reculer mais en vain, la lame s'enfonçait de nouveau. Il refermait ses mains sur les miennes qui serraient toujours le manche du couteau. Puis il ferma les yeux, alors je lâchai la poignée et reculai en titubant. La lame était plantée profondément dans son aine au-dessus des cuisses. Il a essayé de le retirer, mais ses mains tremblaient et devenaient bleues, incapables de saisir la poignée. Il se pencha en avant et posa ses bras sur la table. Du sang trempait son pantalon, un rouge profond tachant l'intérieur de ses jambes. Il ouvrit faiblement les yeux et me regarda. Je me retournai, le pris par les épaules et le poussai contre le mur. Son corps est resté partiellement debout, tandis que ses bras tombaient de chaque côté. Il appuya son front contre le mur, essayant d'empêcher la poignée d'entrer en contact avec lui, mais je le saisis par les épaules et, plaçant mon genou contre son dos, je le poussai de toutes mes forces contre le mur. J'ai entendu le bruit de la lame tourner en lui, ainsi que le bruit du manche en bois qui raclait violemment contre le mur. Il renifla comme s'il se réveillait d'un profond sommeil et j'entendis le sang siffler en jets autour de la lame. Puis il frissonna et s'effondra lourdement au pied de la table. **Un rayon de soleil, filtrant à travers la fenêtre, éclairait une fine traînée de sang** qui zigzaguait sur le carrelage blanc brillant de la cuisine.

Soudain, le silence se répercuta, alors que les chiens se mirent à aboyer furieusement et continuellement de l'autre côté de la fenêtre. Ils n'ont été réduits au silence que par le bruit de ses pas qui continuaient au-dessus du bruit de cercueil accroché au mur. **Battant avec une persistance cruelle contre mon front. Par-dessus cette masse sans vie blotti par terre battant dans ma tête. Battant. Battant. Battant.**

Printed in Great Britain
by Amazon

14151499R00078